AF197965

Tucholsky Wagner Zola Scott Sydow Freud Schlegel
Turgenev Wallace Fonatne

Twain Walther von der Vogelweide Fouqué Friedrich II. von Preußen
Weber Freiligrath Frey
Fechner Fichte Weiße Rose von Fallersleben Kant Ernst Richthofen Frommel
Engels Fielding Hölderlin
Fehrs Faber Flaubert Eichendorff Tacitus Dumas
Eliasberg Ebner Eschenbach
Feuerbach Maximilian I. von Habsburg Fock Eliot Zweig Vergil
Ewald
Goethe Elisabeth von Österreich London
Mendelssohn Balzac Shakespeare Dostojewski Ganghofer
Trackl Lichtenberg Rathenau Doyle Gjellerup
Mommsen Stevenson Tolstoi Hambruch Droste-Hülshoff
Thoma Lenz Hanrieder
Dach Verne von Arnim Hägele Hauff Humboldt
Reuter Rousseau Hagen Hauptmann Gautier
Karrillon Garschin
Damaschke Defoe Hebbel Baudelaire
Descartes
Hegel Kussmaul Herder
Wolfram von Eschenbach Darwin Dickens Schopenhauer Rilke George
Bronner Melville Grimm Jerome
Campe Horváth Aristoteles Bebel Proust
Bismarck Vigny Barlach Voltaire Federer Herodot
Gengenbach Heine
Storm Casanova Tersteegen Gilm Grillparzer Georgy
Chamberlain Lessing Langbein Gryphius
Brentano Lafontaine
Strachwitz Claudius Schiller Kralik Iffland Sokrates
Katharina II. von Rußland Bellamy Schilling
Gerstäcker Raabe Gibbon Tschechow
Löns Hesse Hoffmann Gogol Wilde Gleim Vulpius
Luther Heym Hofmannsthal Klee Hölty Morgenstern
Roth Heyse Klopstock Kleist Goedicke
Luxemburg Puschkin Homer Mörike
La Roche Horaz Musil
Machiavelli Kierkegaard Kraft Kraus
Navarra Aurel Musset
Nestroy Marie de France Lamprecht Kind Kirchhoff Hugo Moltke
Laotse Ipsen Liebknecht
Nietzsche Nansen Ringelnatz
Marx Lassalle Gorki Klett
von Ossietzky Leibniz
May vom Stein Lawrence Irving
Petalozzi Knigge
Platon Pückler Michelangelo Kafka
Sachs Poe Kock
Liebermann Korolenko
de Sade Praetorius Mistral Zetkin

Der Verlag tredition aus Hamburg veröffentlicht in der Reihe **TREDITION CLASSICS** Werke aus mehr als zwei Jahrtausenden. Diese waren zu einem Großteil vergriffen oder nur noch antiquarisch erhältlich.

Symbolfigur für **TREDITION CLASSICS** ist Johannes Gutenberg (1400 — 1468), der Erfinder des Buchdrucks mit Metalllettern und der Druckerpresse.

Mit der Buchreihe **TREDITION CLASSICS** verfolgt tredition das Ziel, tausende Klassiker der Weltliteratur verschiedener Sprachen wieder als gedruckte Bücher aufzulegen – und das weltweit!

Die Buchreihe dient zur Bewahrung der Literatur und Förderung der Kultur. Sie trägt so dazu bei, dass viele tausend Werke nicht in Vergessenheit geraten.

Geschichte der deutschen Dichtkunst im fünfzehnten und sechzehnten Jahrhundert

Aus den Vorlesungen über Geschichte der altdeutschen Poesie.

Ludwig Uhland

Impressum

Autor: Ludwig Uhland
Umschlagkonzept: toepferschumann, Berlin

Verlag: tradition GmbH, Hamburg
ISBN: 978-3-8424-9411-4
Printed in Germany

Der Meistergesang.

1. Entstehung, Ausbreitung und Zweck der Singschulen.

Die Meistersänger hatten einen eigenen Mythus über den Ursprung ihrer Kunst und Kunstgenossenschaft. Zur Zeit Kaiser Ottos I. und des Papstes Leo VIII. im Jahre 962 habe Gottes Gnade zwölf Männer erweckt, welche, keiner vom andern wissend, in deutscher Sprache zu dichten und zu singen angefangen und so den Meistergesang in Deutschland gestiftet haben. Diese zwölf Meister seien von dem Anhang des Papstes vor dem Kaiser der Ketzerei angeklagt worden. Der Kaiser habe anfangs wirklich gemeint, es sei eine neue, unreine Sekte, weil der Haufe sich gemehrt. Es sei ihnen hierauf ein Tag anberaumt worden, an dem sie sich auf der hohen Schule zu Pavia stellen sollten. Der Kaiser selbst habe sich dahin (irrig »gen Paris«) begeben und es seien nun vor seinem versammelten Rate und in Gegenwart vieler Doktoren und Magister, auch der päpstlichen Legaten, die zwölf Sänger nach Zahl, Maß und Wort genau abgehört worden. Man habe ihnen mit Wohlgefallen aufgemerkt und der Kaiser und seine Herren haben sich überzeugt, daß es keine Rottengeister seien. Als nun auch der Papst Leo vernommen, wie diese Meisterlieder Gott nicht zuwider seien, hab' er den Meistergesang jedermann erlaubt und sonderlich die Deutschen ermahnt, weil Gott die Kunst ihnen bekannt gemacht, sollen sie dieselbe ausbreiten und ihm Lob, Preis und Ehre singen. Und so habe Gott den Meistergesang über 600 Jahre bei gutem Klange forterhalten.

Dieses ist der Inhalt eines Meisterliedes (bei Wagenseil S. 504 ff.; vergl. auch ebendas. S. 550 f.), das zwar erst am Ende des 16. Jahrhunderts verfaßt zu sein scheint, aber ohne Zweifel auf älteren Überlieferungen beruht. Anachronismen fehlen freilich dieser Sage nicht. Der geringste darunter ist, daß Leo VIII. im Jahre 962 noch nicht den päpstlichen Stuhl bestiegen hatte. Aber auch von den sämtlichen Dichtern, deren Namen in die Zwölfzahl gesammelt sind, fällt keiner in die Zeit Ottos I. und Leos VIII. und ebensowenig sind sie großenteils unter sich gleichzeitig. Es sind, wenn wir die verdorbenen Namen herstellen, folgende zwölf: Frauenlob, Mügling (sonst Heinrich von Müglin), Klingsor, der starke Poppe, Walther von der Vogelweide, Wolfram von Eschenbach, Marner, Regenbogen der Schmied, Reinmar von Zweter, Konrad von Würzburg, der Canzler, der alte Stolle.

Der älteste, Walther von der Vogelweide, gehört dem Anfang des 13. Jahrhunderts, Frauenlob mit mehrern andern dem Schlusse desselben und Heinrich von Müglin dem weit vorgerückten 14. Jahrhundert an.

Als den ersten Sammelplatz ihrer Genossenschaft betrachteten die Meistersänger die Stadt Mainz. Wagenseil berichtet a. a. O. S. 492:

»Insgemein rühmen sich die Meister-Singer, daß Kaiser Otto der große ihre Genoßschaft mit absonderlichen Freiheiten begnadet, auch solche hernach auf einem Reichstag zu Mainz vermehret und bestättiget und ihnen dazu eine königliche güldne Kron geschenket habe, denselben öffentlich damit zu zieren, so in den Singen den Preis erlangen würde, und soll diese Kron annoch in der Stadt Mainz verwahrlich aufbehalten werden. Von der Meister-Singer überaus herrlichem Wappen, dessen Mitte diese Kron in einem kleinen Schildlein einverleibet, wird hernach folgen.«

Der Wappenbrief, welcher sich nebst den Privilegien der Genossenschaft gleichfalls zu Mainz befindet, zeigt, nach Wagenseils weiterer Meldung S. 515, als Wappen derselben einen gevierten Schild, der in zwei Feldern den Reichsadler und in den beiden andern den böhmischen Löwen, in der Mitte aber die erwähnte Königskrone enthält. Dieses Wappen habe Kaiser Karl IV. der Meistersängergesellschaft wo nicht erteilt, doch also verbessert.

Die Namen der jezeitig berühmtesten Sänger in der Zwölfzahl, der auch für andre Genossenschaften beliebten, anzunehmen, war altherkömmlich. Im Heldengedichte Gudrun, aus dem 13. Jahrhundert, entführt Horand für seinen König die Tochter des Königs von Irland, indem er sie durch seinen wundervollen Gesang bezaubert und ihr am Hofe seines Herrn noch viel herrlichern verheißt:[1]

---

[1] (Gudrun, herausgegeben von A. J. Vollmer. Leipzig 1845. 8. S. 42. S. 24.8 Kudrun, herausgegeben von K. Bartsch. Leipzig 1865. 8. S. 87. H.)

Er sprach zer schönen Hilden: »Vil edelez magedîn,
Mîn herre tegelîche hât in dem hove sîn
Zwelve, die ze prîse für mich singent verre.
Swie süeze sî ir wîse, doch singet aller beste mîn herre.«

Rumelant von Schwaben, aus der zweiten Hälfte des 13. Jahrhunderts, schließt ein Lied zum Lobe eines freigebigen Herren so:

Zwelf meistersinger möhten niht vol singen
Die tugent, die man in eine siht vol bringen.

(Müller B. II, Meistergesangbuch S. 19; vgl. Museum II, S. 147. [F.
H. v. d. Hagen, Minnesinger III, S. 69 H.])

Um die Mitte des 14. Jahrhunderts verfaßte Lupolt Hornburg von
Rotenburg a. d. T. ein meistersängerisches Lied zum Lobe der besten Sänger. Es sind ihrer auch zwölfe, dem 13. Jahrhundert angehö-
rend, und zum Teil dieselben, welche in dem Meisterliede bei Wagenseil genannt sind (Museum II, 22 ff.).

Die im letztern aufgezählten zwölf Meister scheinen diejenigen zu
sein, welche in der alten Mainzer Schule für die Stifter galten. Die
Singschulen zu Nürnberg und Augsburg aber bildeten für sich neue
Zwölfzahlen, ohne darum jenen ältern Meistern die Ehre zu versa-
gen (Wagenseil S. 515. Büsching, Sammlung S. 202).

Dem sagenhaften Ursprunge dieser Zwölfmeisterschaft war es
ganz angemessen, daß die Meistersänger selbst solche poetisch oder
sinnbildlich auffaßten. Ein Meisterlied von den alten Sängern (worin jedoch die Zwölfzahl etwas überschritten wird) stellt dieselben
als Hüter eines blütenreichen Rosengartens dar:

Die stöck die stunden rosen voll,
Das was ir kluegs gedichte usw.

Die noch Ungelehrten werden gewarnt, die Blumen nicht zu zer-
treten und aufgefordert, sich durch eigene Meisterschaft einen Eh-
renkranz zu verdienen (Görres, Altdeutsche Volks- und Meisterlieder, aus den Handschriften der Heidelberger Bibliothek, Frankfurt
1817. S. 222 ff.). Eine Erinnerung an die zwölf Helden der deutschen

Sage, die im Rosengarten zu Worms um Rosenkränze bekämpft werden müssen, mag hierbei wohl zugrunde liegen. Wie in den Rosengartenliedern der kühne Spielmann Volker, so spielt hier Konrad von Würzburg die Geige, und wie dort die gewaltigen Recken, so watet hier der liederreiche Walther von der Vogelweide durch die Rosen.

Auf einer Anschlagtafel, die auf dem Markte zu Nürnberg hing, war, nach Wagenseil S. 541, ein Garten gemalt, in dem mehrere Personen umherwandelten. Darüber stand die Inschrift:

> Zwölf alte männer vor viel jahren
> Thäten den garten wohl bewahren
> Vor wilden thieren, schwein und beeren,
> Die wollen ihn verwüsten geren;
> Die lebten, als man zehlt vorwahr
> Neunhundert und 62 jahr (d. h. im J. 962).

Dieses Sinnbild hat Hans Sachs in einem Meistergesange auf die zwölf besondern Meister von Nürnberg angewandt (Tenzels Monatliche Unterredungen 1697. S. 422 f. 431-33; daraus bei Büsching, Sammlung I, 212ff.):

> Der gart bedeutt in Nürnberg die singschul,
> Hat lang geblüht durch zwölf erwählte dichter;
> Ir kunst hat sich weit ausgebreit
> In alle land, durch fremde meistersänger,
> Welche die kunst für andre gaben preisen.
> Die zwölf saßen auf dem meisterstuhl usw.

Es werden nun diese zwölf, sämtlich nürnbergische Handwerker aus dem 15. Jahrhundert, aufgezählt, darunter ein Bäcker, ein Nagler, ein Heftelmacher, ein Schneider, ein Briefmaler, ein Schwertfeger, ein Barbier; der letzte Leonhard Nunnenbeck, Leinweber (der Lehrmeister des Hans Sachs).

Noch in einem andern Gesange wird der Kranz ausgeboten, der in jenem Rosengarten geflochten ist (Görres a. a. O. 226 ff.):

Fröhlich so will ichs heben an
Mit meinem gesang auf dieser bahn usw.

Soweit die Fabeln und Bilder von der Stiftung und Fortpflanzung des Meistergesangs. Versuchen wir nun auch, das Wirkliche und Wahrhafte zu ermitteln!

Zwei Momente jener Überlieferungen sind hauptsächlich ins Auge zu fassen: die Anknüpfung der Meistersänger an die Liederdichter des 13. Jahrhunderts und die Angabe, daß die älteste Singschule zu Mainz bestanden habe. Die künstlichen Formen des ritterlichen Minnesangs, die Bestimmung der Lieder für den musikalischen Vortrag, die Vereinigung des Dichters und des Tonsetzers in derselben Person machen es notwendig, anzunehmen, daß dieser Gesang durch Unterricht ausgebildet und fortgepflanzt wurde. Walther von der Vogelweide, dessen frühere Lebenszeit noch in das 12. Jahrhundert fällt, sagt von sich:

Ze Osterrîche lernte ich singen unde sagen (Manesse I, 132a).

Auch finden sich bei diesen ältern Dichtern manche Andeutungen auf Kunstregel und Kunstgebrauch. Die Sitte, Versart und Tonweise nach dem Erfinder zu benennen, läßt sich gleichfalls bis in das 12. Jahrhundert verfolgen (Manesse I, 38b: Do hort ich einen ritter vil wol singen In Nürnberges wise usw.).

War nun diese Liederkunst auch im ganzen wesentlich Eine, so müssen wir doch unter ihren Pflegern zweierlei Klassen unterscheiden: Diejenigen, welche die Kunst zu ihrem Berufe gemacht hatten, und die übrigen, welche dieselbe mehr aus freier Lust oder als ein Wahrzeichen der geselligen Bildung betrieben. Die erstern hießen Meister, ein Name, der in jenen Zeiten jedem zukam, der sich der Ausübung irgend einer Kunst mit Auszeichnung widmete. Die andern, die Liebhaber und Lehrlinge, denen der Gesang nur eine Nebenbeschäftigung war, wurden mit ihren fürstlichen oder adeligen Namen bezeichnet.»Unsres Sanges Meister« wird Walther von der Vogelweide in einem Liede genannt, worin der Truchseß von Singenberg um die Mitte des 13. Jahrhunderts seinen Tod beklagt, aber er selbst schon stellt die Meister den Schnarrenzern (snarrenzä-re)² gegenüber (Manesse I, 127a).

Fassen wir nun gerade die Meister, die eigentlichen Träger der Kunst, genauer ins Auge, so bemerken wir bei ihnen schon von der blühendsten Periode des Minnesanges an innerlich eine mehr und mehr vorwiegende Neigung zu Betrachtung und Lehre und damit im Einklang eine strengere Gemessenheit der äußern Form. Während Walther, der älteste mit Sicherheit bestimmbare unter den im Mythus der Meistersänger aufgezählten Stiftern der Kunst, unter denen, die von Minne sangen, höchst geschätzt war, so ist doch schon ein großer Teil seiner Lieder dem ernsteren Nachdenken, der religiösen Betrachtung, den politischen und kirchlichen Kämpfen gewidmet, und die Strophenarten, deren er sich dafür hauptsächlich bedient und die er bei verwandten Gegenständen gerne wiederholt, sind von einem gedehntern und weitschichtigern Bau, als der lyrischen Beweglichkeit angemessen wäre. Von dieser Seite schließt sich ihm um die Mitte des 13. Jahrhunderts Reinmar von Zweter an, der gleichfalls im Verzeichnis der alten Meister genannt ist. Dieser hat das eigentliche Minnelied bereits aufgegeben und, völlig dem Lehrhaften und Polemischen zugewandt, dichtet er nur noch in ganz wenigen langen und scharfgemessenen Weisen, deren eine schon im Manessischen Kodex »vrou Eren don« überschrieben wird. Dieser Charakter des Inhalts und der Form befestigt sich auch immer mehr im weitern Verlaufe des Jahrhunderts, wie die zahlreichen Lieder aus dieser Zeit bezeugen, die im zweiten Bande der Bodmerischen Ausgabe des Manessischen Kodex und in Müllers Sammlung deutscher Gedichte usw., dem zweiten Bande, Berlin 1875, aus dem alten Meistergesangbuche zu Jena, abgedruckt sind. (Vgl. Docen, Misc. II, 275f.) Die Verfasser dieser Gedichte werden großenteils Meister betitelt und gehören nach allen Anzeigen schon meist zum Bürgerstande. Nun ist zwar keineswegs zu erweisen, daß unter den Sangesmeistern des 13. Jahrhunderts sich zunftmäßige Verbindungen gebildet hatten, wie sie später unter den Meistersängern bestanden. Dagegen spricht vielmehr das Wanderleben der ältern Sänger, welche an den Höfen der Fürsten und auf den Burgen des Adels, Lohn und Beifall suchend, mit ihrer Kunst umherzogen.

---

² snarrenzen, garrire Grammatik II, 341, 3.

10

Das aber ist unleugbar, daß, von den äußern Einrichtungen abgesehen, die Grundzüge des Meistergesanges hinsichtlich der Gegenstände sowohl als der strophischen Form in den ältern Liedern vorgezeichnet sind. Der gemeinsamen Hauptregel des Strophenbaus wird nachher besonders gedacht werden. In den Singschulen der Meistersänger wurden daher auch die Tonweisen der älteren Meister fortgesungen und auf neue Texte angewandt oder auch erweitert und umgeändert. Die Liederbücher jener Schulen nahmen zum Teil noch Gedichte der Sänger vom Anfange des 13. Jahrhunderts in sich auf, aber vorzugsweise nur solcher, welche wir zuvor mit dem Namen Meister bezeichnet haben. Von diesen haben also die Meistersänger nicht mit Unrecht den Ursprung der Kunst abgeleitet, und das Gedächtnis dieser geschichtlichen Verbindung ist in der Tradition von den zwölf Stiftern des Gesanges sagenhaft aufbewahrt. Diesen innern Zusammenhang hebt es auch nicht auf, daß wir, was sich früher lebendig entwickelte, nun im Zustande der Erstarrung finden. Wenn der Winterfrost dem Strauche die Blätter abstreift und wir an den dürren Ästen und Zweigen wenig Gefallen haben, so waren doch diese nicht weniger vorhanden, als noch das rauschende Grün sie verhüllte.

Eine ausdrückliche Hinweisung auf die Stadt Mainz als den ursprünglichen Sitz der Kunst enthält ein, freilich schon später, Meistergesang des M. Ambrosius Metzger: meisterliche Freiung (das heißt Meister-Erklärung) der Singer, Wagenseil S. 549 f.:

> So viel ich hab bericht darvon,
> Durch das lesen bekommen,
> Hat die kunst schon
> In Mainz der statt sein anfang genommen
> Durch ein thumherrn prächtig.
> So fast schöne lieder gedicht.
> Desgleich wohnt drin ein Hufschmied auch,
> So Regenbogen geheißen;
> Den rechten brauch
> In dem meistergsang thät er weisen usw.

Es werden dann noch Marner und Mügling als die Mitgründer der Kunst genannt, deren also hier nur vier sind. Auch diese Angaben sind freilich nur sagenhaft und ebenso, was auf der vordersten Seite des Gesangbuchs der Meistersängergesellschaft zu Colmar geschrieben stand: »Dis buoch und dafel ist der XII meister gedicht und ist ob VII hundert joren zu Menz im dunkeln gelegen und in der liberig«;[3] wobei wir jedoch nur das hohe Alter, nicht das Herkommen des Buches von Mainz anzufechten brauchen.[4]

Unter dem Domherrn zu Mainz ist Frauenlob verstanden, der auch in den früher angeführten Liedern von den zwölf alten Meistern voransteht; sein Name eröffnet auch das Colmarer Liederbuch (Museum II, 184), und was in seinen und des mit ihm genannten Regenbogen Gedichten vorkommt, ist wohl die Hauptquelle der meistersängerischen Überlieferung.

Meister Heinrich von Misen, genannt der Frouwenlop,[5] wie die Würzburger Liederhandschrift seinen Namen vollständig gibt (Museum I, 160), lebte zu Ende des 13. und Anfang des 14. Jahrhunderts. Von Geburt nach allen Umständen ein Niederdeutscher, war er nach der Überlieferung der Meistersänger Doktor der Theologie und Domherr zu Mainz (Museum II, 160), für welches letztere seine gleich näher zu erwähnende Beisetzung im Kreuzgang an der dortigen Domkirche spricht. Er starb 1317, und von seinem Begräbnis meldet Albertus Argentinensis (aus dem 16. Jahrhundert) bei Urstisius B. II, S. 108, folgendes:

»Anno domini 1317, in vigilia sancti Andreæ, sepultus est Henricus dictus Frauwenlob *, in Maguntia, in ambitu majoris ecclisiæ, juxta scalas, honorifice valde: qui deportatus fuit a mulieribus ab hospito usque ad locum sepulturæ, et lamentationes et querelæ maximæ auditæ fuerunt ab eis, propter laudes infinitas quas imposuit omni generi fœmineo in dictaminibus suis. Tanta enim ibi copia fuit vini fusa in sepulchrum suum, quod circumfluebat per totum ambitum ecclesiæ. Cantica canticorum dictavit teutonice, quæ vulgariter dicuntur* Unser Frauwen Lied, *et multa alia bona.«*

---

[3] (Vergl. die genaue Mitteilung dieser Stelle in: Meisterlieder der Colmarer Handschrift, herausgegeben von K. Bartsch. Stuttgart 1862. 8. S. 1. H.)

[4] Vergl. Grimm 118. Büsching, Sammlung I, 169.

[5] Über ihn ein Aufsatz von Docen, in der Aurora 1804. Nr. 92. 93. 100. Museum II, 156 ff.

Man zeigt noch im Kreuzgang des Domes seinen, jedoch erneuerten Grabstein (Schreiber, Handbuch für Reisende am Rhein 94; als Titelkupfer in Görres Volks- und Meisterliedern).

Der Beiname Frauenlob wird bald eben von dem auf das Lob »unser Frauwen«, Mariens, in der poetischen Bearbeitung dieses Dichters gedeuteten hohen Liede, bald von einem Wettstreite, den er mit andern Sängern über den Vorzug des Namens Frau vor dem Namen Weib führte, abgeleitet. (Vgl. Museum II, 157 f.) In der Art des ritterlichen Minnesanges hat er zwar das Lob der Frauen nicht gesungen, aber er hat die gepriesen, durch welche nach mehrfachen Äußerungen in den Liedern jener Zeit das ganze Geschlecht verherrlicht ist. Frauenlobs Gedichte sind, auch wo sie sich auf die Minne beziehen, mehr lehrend und betrachtend, und besonders herrscht in ihnen die Richtung auf das mystisch Religiöse.[6] (Vgl. Museum II, 166.)

Regenbog oder Regenbogen (beides kommt in seinen eigenen Gedichten vor, Museum II, 186, 3. 190, 1), bei den spätern Meistersängern Barthel Regenbogen, sang mit Frauenlob »wider strit« (in die Wette) über den Wert der älteren Meister, über Frau und Weib usw., hat jedoch der heftigen Äußerungen unerachtet, welche in diesen Wettgesängen vorkommen, Frauenlobs Gedächtnis im Liede (Museum I, 194, 160, Hanmann S. 163) gefeiert. In denjenigen seiner Lieder vorzüglich, welche aus der Colmarer Handschrift bekannt gemacht worden sind, gibt er Nachricht von seinen persönlichen Verhältnissen. Er war erst ein Schmied und gewann auf hartem Amboß kümmerlich sein Brot, dann griff er zur Kunst des Gesanges und fuhr weit umher.[7] Er rühmt sich selbst einen Meister, der vor edeln Fürsten und mächtigen Kaisern zu singen wage, doch klagt er auch einmal über die Kargheit der Großen und droht, wenn sie ihm nicht besser lohnen, zu der Esse Glut, zu Hammer, Zang' und Amboß, der ihm willig Fleisch und Brot mitteile, zurückzukehren[8]

---

[6] Man vergl. nun: Heinrich« von Meißen des Frauenlobes Leiche, Sprüche, Streitgedichte und Lieder, erläutert und herausgegeben von L. Ettmller, Quedlinburg und Leipzig 1843. 8. Frauenlob starb nicht 1317, sondern 1318. H.)

[7] Ettmüller, Frauenlob, Vorrede XXIV: ›der Regenboge zu Ulm‹.

[8] (Vergl. Bartsch a. a. O. S. 400. 401. H.)

(Museum II, 172, N. 46. Aretin, Beiträge IX, 1169. Vergleiche auch ebendaselbst 1137 usw.).

Besonders aber kommt uns ein Lied in Betracht, in welchem er die Sänger am Rheine, namentlich Frauenlob, zum Wettkampf herausfordert (Museum II, 186 f. [F. H. v. d. Hagen, Minnesinger III, S. 344, 345]):

Got dank' iu, meister! (ir) habet mich empfangen schon, usw.

Daß am Rheine, worunter wir in der Verbindung mit Frauenlob besonders die Stadt Mainz zu verstehen haben werden, die besten Sänger seien, war also am Ende des 13. Jahrhunderts eine bekannte Sage, wodurch Regenbogen eben dahin gezogen wurde. Davon ist zwar nichts gesagt, daß diese Sänger eine Schule, eine geregelte Genossenschaft bildeten. Dennoch werden sie von ihm in einer gewissen Gesamtheit, der Meister Frauenlob an der Spitze, aufgerufen, und der nach alter Sitte wandernde Sänger stellt sich ihnen als Ansässigen gegenüber, so daß wir die schulmäßige Genossenschaft bis zum Abschlusse vorbereitet finden. Hierbei verdient auch das Bild Beachtung, welches in der am Anfang des 14. Jahrhunderts gefertigten Manessischen Liederhandschrift den Gedichten Frauenlobs vorgesetzt ist. Der Meister sitzt erhaben auf dem Stuhle mit aufgehobenem Finger und gesenktem Stabe, unter ihm steht eine Schar von neun Männern, die meisten mit Saiten- und Blasinstrumenten und besonders ausgezeichnet ein Geigenspieler, aber auch zwei, nicht mit Instrumenten versehen, welche singend gedacht sein mögen. Daneben Frauenlobs Wappen, ein Frauenkopf mit Krone, ohne Zweifel die von ihm gefeierte Himmelskönigin und damit auch die Ableitung seines Namens von diesem Lobe derselben anzeigend. Dieses Bild ist sehr wahrscheinlich noch zu Lebzeiten des Meisters gemalt worden; später würde man wohl eher die auch auf dem Grabstein dargestellte Szene gewählt haben, wie er von den Frauen zu Grabe getragen wird.

Schon damals also wurde Frauenlob als Haupt und Leiter einer Kunstgesellschaft betrachtet, und wenn auch dieser noch nicht die bestimmte Einrichtung der späteren Singschulen gegeben war, so können doch letztere sich aus und nach ihr allmählich gestaltet haben, womit dann auch die in ihnen gehegte Überlieferung stimmt. Der Geist der Belehrung und frommen Betrachtung und der gelehrte Anstrich, wovon Frauenlobs und Regenbogens Lieder das Muster gaben, hat auch in den Singschulen sich fortgepflanzt, nur mit stets zunehmender Steifheit und Trockenheit.

Die Verbreitung des Meistergesangs gibt Grimm (a. a. O. S. 129) folgendermaßen an: »Im 14. Jahrhundert blüht er zu Mainz, Straßburg, Colmar, Frankfurt, Wirzburg, Zwickau, Prag. Im 15. zu Nürnberg, Augsburg. Im 16. zu Regensburg, Ulm, München (H. Sachs, Göz I, 5, Frankfurt, ebendaselbst), Steiermark, Mähren (Iglau), Breslau, Görliz bis nach Danzig. Im 17. zu Memmingen, Basel, Dinkelsbühl.«[9]

Dieses Verzeichnis macht jedoch, wie der Verfasser selbst bemerkt, auf keine Vollständigkeit Anspruch, auch beruht es nicht sowohl auf noch vorhandenen Stiftungsurkunden, als auf einzelnen Angaben, aus denen oft nur das Vorhandensein, nicht aber die Entstehungszeit der Singschulen an diesem oder jenem Ort erhellt.

Es mögen daher hier einige weitere Notizen teils zur Vermehrung des Verzeichnisses, teils für die Zeitbestimmung folgen.

Aus einem Meisterliede, welches 1597 zu Straßburg gedichtet und abgesungen worden, ist in den »Historischen Merkwürdigkeiten des ehemaligen Elsaßes aus den Silbermannischen Schriften gezogen«, Straßburg 1804, S. 120, folgende Stelle mitgeteilt:

Noch sind vor der zeit
In der welt weit
Herrlich dichter gewesen,
Findt man ir nam bereit.
Noch leben heut
Zu Leipzig und zu Dresden,
Zu Eßling, Nördling, Wien, Breslau,
Zu Danzig, Basel, Steier,
Zu Colmar, Frankfurt, Hagenau,
Im römischen reich zu Speier,
Weißenburg gleich,
Pforzheim ist reich
An dichter, wie wir lesen

---

[9] S. auch noch Büsching, Sammlung I, 166 und N. 4.

Eßlingen hat auch Grimm in den Zusätzen seiner Schrift (S. 187) noch namhaft gemacht; dort hat der Meistersänger Daniel Holtzmann aus Augsburg zweimal Schule gehalten, das heißt sich in der Singschule hören lassen, wie er in der Zueignungsschrift seines Fabelbuchs »Spiegel der natürlichen Weisheit« usw. 1571 an Bürgermeister und Rat der Stadt Eßlingen sagt (Eschenburg, Denkmäler altdeutscher Dichtkunst. Bremen 1799. S. 378). Auch Worms ist nach einer Angabe des Joh. Staricius, in der Mitte des 17. Jahrhunderts, beizufügen (W. Grimm, Heldensage 320).

Außer der angenommenen Mutteranstalt zu Mainz waren die berühmtesten Singschulen die zu Straßburg, Nürnberg und Augsburg. Aber auch über ihre Stiftung fehlt es an gleichzeitigen, urkundlichen Nachrichten.

Über die zu Straßburg,[10] deren Blüte Grimm schon ins 14. Jahrhundert versetzt (vergleiche jedoch S. 26), finde ich nur im angeführten Schilterischen Glossar *s. v. Bardus* den Anfang des Briefs, mittels dessen der dortige Magistrat im Jahre 1598 die Gesellschaft der Meistersänger renoviert hat, so lautend:

»Demnach ungevähr vor einhundert und fünf jahren die uralte löbliche kunst des teutschen Meistergesangs durch etliche kunstliebende gottesfürchtige Personen allhier aufgerichtet worden« usw. Diese Aufrichtung würde hiernach erst ungefähr in das Jahr 1493 fallen, wenn nicht etwa auch hierbei nur eine spätere Bestätigungsurkunde zugrunde liegt. Bei Nürnberg weisen die von Hans Sachs aufgezählten zwölf Hauptmeister gleichfalls nicht über die Mitte des 15. Jahrhunderts hinauf. Zu Augsburg ist die Singschule nicht, wie Beischlag behauptet, erst im Anfang des 16. Jahrhunderts, sondern nach Grimms Annahme (S. 129) wirklich im 15., und zwar, worüber ich ein glaubwürdiges Zeugnis aufgefunden, etwas vor der Mitte desselben, gegründet worden. In einer früher schon angeführten handschriftlichen Gedichtsammlung aus dem 15. Jahrhundert, dem sogenannten Liederbuche der Clara Hätzlerin, steht ein gegen die Städte polemisches Lied, das nach seiner ausdrücklichen Meldung zur Zeit der Verkündigung des Jubeljahres, 1450, gedichtet ist, und darin folgende Strophe:

---

[10] Wegen Nürnbergs vergl. Aretin, Beiträge IX, 1151: Ketner, 1134, 66. 1153, 1170, 64. 1172, 68.

Augspurg hat ain weisen rat.
Das prüft man an ir kecken tat
Mit singen, dichten und klaffen;
Si Hand gemachet ain singschuol
Und setzen oben auf den stuol.
Wer übel redt von pfaffen.[11]

Diese Singschule wird hier, um 1450, offenbar als eine noch neue Einrichtung bezeichnet.

Die einzige, meines Wissens, herausgegebene gleichzeitige Stiftungsurkunde ist der von H. Schreiber a. a. O. nebst andern Urkunden der Meistersänger zu Freiburg im Breisgau aus dem dortigen Stadtarchive mitgeteilte Stiftungsbrief der Gesellschaft vom Jahre 1513, wodurch wir überhaupt zuerst von dieser Gesellschaft Kunde erhalten haben.

Fortgedauert haben die Meistersängerschulen, wenn auch in einem kümmerlichen Dasein, an mehreren Orten noch bis gegen das Ende des vorigen Jahrhunderts. Von Nürnberg bemerkt Häßlein in seiner 1794 erschienenen Abhandlung (Bragur III, 89), es sei nun über 20 Jahre, daß die letzte öffentliche Schule gehalten worden.[12] Die Gesellschaft zu Straßburg bat (nach den angeführten Silbermannischen Merkwürdigkeiten S. 121), (nachdem sie vielen zum Gespött geworden, am 11. September 1781 den Magistrat um Aufhebung ihrer Einrichtung und um nützliche Verwendung ihrer Einkünfte, welche eben nicht beträchtlich waren und größtenteils von den milden Stiftungen herkamen, denen sie also, da dem Begehren willfahrt wurde, auch wieder zufielen. Häßlein bringt a. a. O. S. 107 f. eine Nachricht aus Beckers deutscher Zeitung 1792, St. 5, S. 80 bei, daß zu Ulm die Meistersänger aus der Weberzunft noch jetzt im besten Flore seien; dabei versichert der Herausgeber, daß sie auch in anderen Städten Oberdeutschlands noch Lehrlinge in

---

[11] (Man sehe die Stelle in: Haltaus, Liederbuch der Clara Hätzlerin S. 41, und in: Alte hoch- und niederdeutsche Volkslieder ... herausgegeben von Ludwig Uhland I, S. 430. Vergl. ebendaselbst S. 426. H.)

[12] Vergl. Ranisch, Historischkritische Lebensbeschreibung Hans Sachsens. Altenburg 1765. 8. S. 26–28.

ihrer Kunst aufnehmen und lossprechen und zunftmäßige Meister machen.

Um sich über den Zweck der Singschulen zu belehren, wär es besonders wünschenswert, die alten Stiftungsbriefe zu Rate ziehen zu können. Es steht uns aber hierfür erwähntermaßen nur der Freiburgische von 1513 zu Gebot. Derselbe hebt so an (Badisches Archiv II, 195ff.):

Wir Burgermeister und Rat der Stadt Friburg im Brisgau thund kunt menglichem mit diesem Briefe, daß vor uns in geseßnem Rate erschinen sind die ersamen Michel Punt, der Schumacher Bruderschaft Meister, Jakob Rumel, Rudolf Balduf, Ludwig Würzburger, Heinrich Wißland und ettlich ander unser Burger und Inwoner von der Singer-Bruderschaft und habend uns fürgetragen: Nachdem sich wiland der ersam Herr Peter Sprung, unser Obristermeister seliger, gar uß fründlicher erlicher Neigung und Meinung mit ihnen besprochen und beredt einer Bruderschaft der Sengerie und ihnen daran zwen Guldin Gelds, ablösig mit vierzig Guldin Hauptguets, zugeordnet, die sie auch seiner verlahnen Witwe mit Recht vor uns anbehalten, wie wir des gut Wissen hätten, werend si daruf geneigt und willig, so vil an ihnen stund, sollich Bruderschaft und Singen uofzurichten, in Betrachtung, daß dennocht[13] Gott der allmächtig dardurch gelobt, die Selen getrost und die Menschen zu Ziten, so sie dem Gesang zuhorten, von Gotslästerung, auch vom Spil und anderer weltlichen Üppigkeit gezogen wurden. Inmaßen dann das alles obgemelter Peter Sprung seliger ordenlich und wohl betrachtet und deshalben dise Bruderschaft dester begiriger angefangen het, mit demütigem und underthänigem Anrufen, wir wolten desselben Peter Sprungen seligen und ihr aller Gemüt und Willen, so hierinne ihrthalben ganz gerecht und guet were, betrachten, auch dabi bedenken die Guettät, so den armen Selen dardurch nachgeschehen mocht, und ihnen sollich Bruderschaft und Ordnung des Gesanges gonstlich bewilligen und zulassen; also nachdem wir Burgermeister und Rat obgenant nit anders vermerken können noch mögen, dann daß Peter Sprungen seligen und ir aller Meinung uß erbarem Grund und Fürnemen geflossen, auch dabi bedacht und ermessen, wie vor me viel Personen, geistlich und weltlich, Gelt an dise Bru-

---

[13] Dennocht, Schmeller I, 375: dennoch, denn doch.

18

derschaft gegeben, in Meinung, daß die volzogen solt werden, wie ihnen angezeigt sig, als wir dann in der Rechtshandlung zwischen den Singern und Peter Sprungen seligen Witwe gar eigentlich underricht worden sind: so haben wir sollich Bruderschaft und Ordnung des Gesangs mit allen Puncten und Artikeln, wie dann die von Stuck zu Stuck harnach volgent, bewilliget und zugelassen, dieselben auch sovil an uns ist, confirmirt und bevestnet, bewilligen lassen zu confirmiren, und bevestnen die jetzt wissentlich in Kraft dieß Briefs, meinen und wellen, daß derselben Ordnung und Bruderschaft des Gesangs in allem Inhalt von allen denen, die es berüren thuet, gestracks gelebt und nachkommen und darwider deheines Wegs gethan noch gehandelt sol werden, doch uns und allen unsern Nachkommen hierinne unser Oberkaiten ußdrücklich vorbehalten, gerürte Ordnung zu meren, zu mindern, zu endern, gar oder zum Teil abzuthun, wie und zu welcher Zit uns und unsern Nachkommen geliebt, eben und gefällig ist. Und wie und wenn das geschicht, daran sollend uns und unser Nachkommen die obgemelten ietzig uud all künftig Singer und Brüder diser Bruderschaft, noch Niemands Intrag, Sperrung oder Irrung thun, alles ufrecht, erbarlich und ungeverlich. Und lutet die angezeigt Ordnung, so uns von Peter Sprungen seligen und nachgehend den Singern, wie obstat, fürgebracht ist, von Wort zu Wort also: usw.

Es folgen nun 18 »Artikel der Singer«, wovon ich hier nur dasjenige aushebe, was zur nähern Erklärung des Zweckes dieser Verbindung dient.

Jedes Jahr sollen zwei »gemeine Hauptsingen« im Predigerkloster gehalten werden, das eine am Tage des Evangelisten Johannes, in den Weihnachtfeiertagen, das andre am Pfingstdienstag. Je am Morgen nach einem solchen Hauptsingen sollen aber auch noch »zwei gesungne Empter volbracht werden: ein Selampt, darinne sol man bitten für die Stifter diser Brüderschaft, auch für alle die, so in der Brüderschaft sind, es sient Singer oder nit. Desglichen sol man alle die verkünden, so uß diser Bruderschaft gestorben sind, und dabi aller gläubigen Selen nit vergessen.« Das zweite gesungene Amt, zu dem man orgeln soll, wird nach dem ersten Hauptsingen »von unser lieben Frowen«, nach dem andern »von der heiligen Dreivaltigkeit« gehalten. Am Tage vor jedem Hauptsingen soll der Prädicant, der im Kloster predigt, verkünden, »daß morndes das

Hauptsingen gehalten, daß man auch allen Brüdern und Schwestern, so in diser Brüderschaft sind, das Jarzit mit den beiden Emptern, wie obgemelt ist, begon werd« usw. Ein solches Seelamt soll auch je auf die beiden Fronfasten[14] stattfinden. (Art. 1 bis 4.)

Weiter bestimmt Artikel 5:

Item, wann ein Bruder oder Schwester uß diser Bruderschaft abstirbt, so soll man ihme das Libfäll[15] mit einem gesungnen Selampt zu den Predigern halten und dortzu allen Brüdern und Schwestern verkünden und söllent desselben Abgestorbnen Fründ Wachs und Kerzen zu solchem Libfäll geben. Wär es aber ein Frömbder, der dise Bruderschaft gehalten und doch nit Früntschaft im Land hett, die sich sin beladen wölte, so sin Absterben fürkompt, soll man ihme nicht destminder in der Bruderschaft Kosten das Libfäll halten und begon, wie obstat.

Artikel 8 besagt:

Item die Prediger-Herren sollend auch allweg zu dem Hauptsingen unter ihnen selbs, ob sie es gehaben mögend, oder anderswa zwen gelert Mann, oder doch zum wenigsten einen, die sich der heiligen göttlichen Geschrift verstanden, zu Merker geben und darsetzen. Desglichen sol die Bruderschaft auch zwen geben usw.

Sodann Artikel 12:

Item die geistlichen und weltlichen Merker, so gesetzt werden, sollen getrüw Ufmerken uf die Senger haben, und wo sie dieselben in ihrem Gesang irrig erfinden, es sig in welchem Stuck und wie es well, nichts vorbehalten, das sollend sie ihnen sagen und sollich Irthumb bi ihnen abstellen, auch die Singer ihrem Entscheiden und Geheiß gehorsam und gewertig sein.

Vermöge Artikels 14 sollen außer den Mitgliedern der Brüderschaft selbst

---

[14] Quatemberfasten. Schmeller I, 613.

[15] lip bevilhe (bevilde, auch bîvilde), lipfil, leibfall, exequiae, sepultura, corporis commendatio terrae. Schilter, Glossarium S. 539 b. Von bevelhen usw. im Sinne von begraben. Grammatik II, 721.

Doctores, Priester und Rathsherren frigen Zugang haben, dem Singen ufzulosen, und von denselben allen nichts genommen werden.

Endlich in Beziehung auf die Mahle, welche vermutlich nach den Hauptsingen stattfanden und wozu nach Artikel 7 die Predigerherren ihre Küche hergeben mußten, wird Artikel 15 (S. 201) angeordnet:

Item es soll auch bestellet, daß ob den Malen gesungen, zu nämlich in Anfang, im Mittel und am End des Mals, und Niemants gestattet werden, torliche Lieder zu singen; aber nach dem Mal mag ein ieder singen, was er will, doch daß es alweg erbarlich und züchtiglich zugang, und ob sich Jemands im Singen ob den Malen mit Worten oder Werken unschickenlich hielte, den sollen die Singer nach der Gebure strafen.

Auch der pergamentene Anschlag, mittels dessen, nach erhaltener Bestätigung, die Eröffnung des Singens verkündigt wird, enthält beachtenswerte Äußerungen. Es wird darin in Beziehung auf die christliche Lehre, welche namentlich auch die hohen Schulen in Behaltnis haben, gesagt:

»Welich tröstlich Lere wir von der wirdigsten Priesterschaft predigen oft unfruchtbarlich oder verdrießlich hören. Wird doch die durch der göttlichen Kunst Doctores, auch frier Künste Meister in den ungelerten Leien verstentlich bracht mit übersüßisten Gedichten ze singen in den zwölf meisterlichen Tönen uß den frien Künsten!« Nach Aufzählung dieser freien Künste, der Logik, Grammatik, Arithmetik, Rhetorik und Musik, wird dann die Absicht ausgesprochen, »mit usw. obgemelter Sengeri und Gedicht uß göttlichen und natürlichen Künsten usw. wider ze ernüwen die Loblichkeit, so lang Jar und Zit bißher vergangen gewesen und nun in Verspulgung[16] abgestiegen ist, ze kurzwilen umb Glori, Lob und Ere der Gottheit und unser himmelschen Trösterin usw. uns zu Glück und Heile usw. und zu Widerstand und Mindrung, nemlich an den Firtagen, manigerlei jetzt laufender nüw angenomner Lüderi, üppiger, unnutzer, unerlicher und verdammter Wort und Werk, so denn die

---

[16] Verspulgung, Nichtgebrauch, Abgewöhnung; spulgen, pflegen, gewohnt sein. Fundgruben I, 392 a.]

Jungen geneigter denn zum Guten, leider, jetzt lernen usw. in Hoffnung, obgemeldt Kunst Gott und der Welt gesellig, kurzwilig, loblich und geliebt gehandhabt und also gepflanzt werd.« Am Schlusse heißt es noch: Diejenigen, welche als Sänger oder Zuhörer teilnehmen wollen, werden »in schuldiger Erberkeit von den Meistersengern daselbs empfangen und zugelassen«.

Fassen wir diese einzelnen Artikel der Singerordnung[17] unter ihre Hauptgesichtspunkte zusammen, so zeigt sich eine doppelte Bestimmung der neugestifteten Brüderschaft: einmal die gottesdienstliche Feier, besonders zum Seelenheile der abgeschiedenen Genossen (»die Guettät, so den armen Selen dardurch nachgeschehen mocht,« Freiburger Stiftungsbrief S. 196), sodann die Ausübung der Sing- und Dichtkunst. In ersterer Hinsicht trifft dieser Verein mit so vielen andern geistlichen Brüderschaften, Konfraternitäten, überein, wie sie in älterer Zeit zu wohltätigen oder kirchlichen Zwecken, insonderheit auch zur Teilnahme an Begräbnissen, bestanden und an bestimmten Tagen ihre genossenschaftlichen Mahlzeiten hatten (Hüllmann, Städtewesen des Mittelalters, Teil IV. Bonn 1829. S. 179. Keysler, *Antiqu. septent.*. Hannover 1720. S. 359f. Schmeller I, 254). Noch jetzt bestehen an katholischen Orten solche Genossenschaften, gewöhnlich unter dem Patrozinium eines Heiligen, z. B. die Josephsbrüderschaften. Für die kirchlichen Zwecke ist auch in obigem Stiftungsbrief Artikel 7 der neue Altar unser Frauen in der Kirche der Predigerherrn eingeräumt, »damit die Bruderschaft daruf gehalten werden möge«.

Wenn übrigens gleich diese kirchlichen Feierlichkeiten mit Gesang verbunden, »gesungene Ämter« waren, so konnte doch dabei der eigentliche Meistersang, der in deutscher Sprache und in nichtli-

---

[17] Auf bei Bibliothek zu Colmar befindet sich ein Bruchstück der Satzungen dortiger Singgesellschaft von 1549. Sie haben den geistlich-katholischen Zuschnitt des Freiburger Statuts, es werden auch Schwestern aufgenommen, der ersungene Kranz soll nicht beim Tanze getragen werden. Angeführt wird »das Buch von Menz«, der vermißte Colmarer Codex (jetzt auf der k. Hof- und Staatsbibliothek zu München, in Auswahl herausgegeben von K. Bartsch. Stuttgart 1862. 8. H.); aus diesem soll hauptsächlich auch gesungen werden. Übrigens wird ausdrücklich auf die Satzungen von Augsburg und Nürnberg als Vorbilder Bezug genommen, diese hatten also wohl ursprünglich und vor der Reformation das gleiche Gepräge.

turgischen Tonweisen stattfand, nicht eintreten. Dennoch wär' es möglich, wenn es auch nicht nachgewiesen werden kann, daß die ältern Singschulen überhaupt auf solche kirchliche Brüderschaften, als die herkömmliche Form für Vereine zu frommen und geistigen Zwecken, gegründet waren. Auch die schon erwähnte Erneurung der Straßburger Singschule von 1598 gedenkt der bisherigen Teilnahme von »Personen beiderlei Geschlechts«, wie im Freiburger Stiftungsbriefe Brüder und Schwestern, letztere namentlich in Beziehung auf die Seelenämter und die Bestattung, vorkommen. Für Nürnberg berichtet Wagenseil S. 555:

»Wann ein Meister-Singer mit Tod abgangen, sind alle Gesellschafter schuldig, ihn zu Grab zu begleiten. Ist aber ein Merker gestorben, so verfügen sich, nachdem der Sarch in das Grab versenket, und ehe er noch mit Erde beschüttet worden, die gesammte Gesellschafter dahin und singen ein Gesellschafts-Lied zu letzten Ehren.«

So hat sich hier das Seelamt nach der Reformation gestaltet. Selbst was schon von Frauenlob gemeldet wird, wie ihn die Frauen zu Grabe getragen, würde den Sitten der Zeit näher gerückt werden, wenn wir in ihnen Schwestern einer von diesem Meister begründeten Singbrüderschaft annehmen dürften, und wie ein Nachhall des brüderschaftlichen Seelamts klingt es, wenn Meister Regenbogen sein Lied an die Jungfrau Maria zum Gedächtnis Frauenlobs so beschließt[18] (Hanmann S. 163):

Unt hilf uns zuo dir in der himel veste!
Da vind' ich meister Vrouwenlop, ouch an der stat so
vil der lieben geste.

Was nun aber, neben diesem Kirchlichen, die andre, und zwar die Hauptbestimmung der neuerrichteten Freiburger Brüderschaft anbelangt, Ausübung der Sing- und Dichtkunst, so zeigen uns die Urkunden allerdings auch hiebei eine geistliche Richtung, die es um so eher gestattete, die Singschule mit der religiösen Konfraternität zu verbinden. Es ist im Stiftungsbriefe gesagt, daß dadurch Gott der

---

[18] Das ganze Lied bei Görres a. a. O. S. 332 ff. (und bei F. H. von der Hagen, Minnesinger III, S. 354. H.).

Allmächtige gelobt, die Seelen getröstet und die Menschen, während sie dem Gesange zuhörten, von Gotteslästerung, vom Spiel und andrer weltlichen Üppigkeit abgezogen würden; es sind zwei geistliche, gelehrte Männer, die sich der heiligen, göttlichen Schrift verstehen, zu Merkern bestellt, den Priestern und Doktoren ist besonders der freie Zugang eröffnet und das Absingen »torlicher Lieder« ist selbst beim Mahle verboten. Auch der Anschlag spricht davon, daß diese Kunstübung zur Ehre Gottes und der Jungfrau Maria, sowie zum Heile der Seelen gereichen soll. Noch über hundert Jahre nachher finden wir in derselben Singschule die religiöse Richtung nicht nur forterhalten, sondern sogar noch bestimmter ausgesprochen. Eine gleichfalls von Schreiber (S. 205ff.) mitgeteilte Einladung zu einem Meistersingen, vom Jahre 1630, fängt so an:

Kund und offenbar sei Jedermeniglichen, daß uf heut den hochheiligen Festtag ein ehrsame Bruderschaft der wohlgelerten Meistersenger alhie mit göttlicher Gnad, Hülf und Beistand fürgenomen, ein christliche geistliche Singschul zu halten, solches in aller Zahl und Maß, wie Gesangs Brauch und unser Tablatur vermag, anzuschlagen! Derowegen ist unser Bitt und Beger, wo etwan Meister oder Gesellen vorhanden weren, die Gott mit solcher Kunst begabt hett, auch Lieder könnten, die Zahl und Maß haben, wie dann ein Jeder, der ein rechter Singer ist, wohl weist sich zu halten, wann er diser Kunst will pflegen; ist derowegen nochmals unser Bitt, wo etliche, wie obgemelt, vorhanden weren, wollen sich zu uns verfügen, alda mit uns singen auß lauter heiliger göttlicher Geschriften. Was auf einer geistlichen Singschuel verbotten ist, das weist ein jeder wohlgelerter Maistersinger vorhin wohl, als nemlich Bossenlieder, Bremberger, Bergrisch, auch soll keine Reizlied (vergl. Wagenseil S.543. 555), Schmützung, Schmehung oder Eingreifung in Religion Sachen gesungen werden. Wie dann Mancher wohl weist und sich mit Fleiß darinnen üben thut; sondern soll alles geistlicherweis uf diser Schuel gehalten werden usw.

Hiemit stimmt denn auch überein, was sonst von dem Geiste der Singschulen bekannt ist. Nicht bloß die Tradition, daß der Papst, nachdem er die zwölf Stifter der Kunst tadellos erfunden, die Deutschen ermahnt, solche zu Gottes Preis und Ehre auszubreiten; oder die Anweisung des Liedes bei Görres (S. 228), durch Gesang von der heiligen Jungfrau und von der Marter des Herrn um den Kranz zu werben; sondern auch der großenteils und sogar in zunehmendem Maße geistliche Inhalt der Lieder von Frauenlob an bis zu den spätesten Meistersängern.

Auch in der Nürnberger Schule bestand die Vorschrift, »sich in dem Doppelsingen aller Possenlieder und Stampeneien« zu enthalten (Bragur III, 97). Das Vorbild der Meistersänger war der fromme König David, wie z. B. in der Einladung zum Freiburger Meistersingen von 1630:

> Kumbt her, ihr Singer algemein!
> Uf unser Schuel soll ihr geladen sein;
> Und singet her all mit Fleiß
> Dem Herren zu Lob, Ehr und Preis
> Und lobet Gott mit sießem Ton,
> Wie auch der König David schon!
> Der sang dem Herren schön Gedicht,
> Also solt ihr auch sein verpflicht.

Auf einer Anschlagtafel der Nürnberger Meistersänger war der König David vorgestellt, wie er, auf der Harfe spielend, vor dem am Kreuze hangenden Heiland kniet (Wagenseil 542).

Gleichwohl finden wir vom Anfang an die Singübungen, sowohl das Hauptsingen, als das Singen bei und nach dem Mahle, auch wieder hinreichend von den religiösen Gebräuchen unterschieden. Diese werden in der Kirche, am Altare, vorgenommen, für die Hauptsingen ist (Artikel 7) auf den Winter die Konventstube, auf den Sommer das Refektorium des Predigerklosters angewiesen. An andern Orten fanden übrigens die Singschulen auch in den Kirchen statt. Die »torlichen Lieder« sind zwar selbst während des Mahles ausgeschlossen, »aber nach dem Mal mag ein ieder singen, was er will, doch daß es alweg erbarlich und züchtiglich zugang« (Art. 15). Endlich besagt der öffentliche Anschlag ausdrücklich, was die Priesterschaft oft unfruchtbar predige, werde doch »durch der göttlichen Kunst Doctores, auch frier Künste Meister in den ungelerten Leien verstentlich bracht mit übersüßisten Gedichten ze singen in den zwölf meisterlichen Tönen uß den frien Künsten«, es sei »eine Sengeri und Gedicht uß göttlichen und natürlichen Künsten«.

Unter den Doktoren der göttlichen Kunst sind ohne Zweifel Frauenlob und Müglin verstanden, die in den Verzeichnissen der Altmeister Doctores der Heiligen Schrift genannt werden (Wagenseil 503. 550); Klingsor erscheint als ein Meister der freien Künste. Selbst den Schmied Regenbogen hörten wir einen Kranz ausbieten, der aus Philosophie, Astronomie und andern weltlichen Künsten geflochten ist, und unter seinem Namen findet sich ein besondres Gedicht zum Lobe der sieben freien Künste (Manesse II, 197 f.). In dem Kranzliede bei Görres (S. 228) heißt es gleichfalls, nach Anführung der geistlichen Gegenstände des Gesanges:

> Singt er von dem Planeten-Heer,
> Die Element und die acht Sphär,
> So wirbt er um des Kranzes Ehr.[19]

Übrigens war diese Gelehrsamkeit, wie sie in den Liedern erscheint, eine ziemlich nebelhafte und verworrene. Man sang mehr von den Wissenschaften, als aus denselben, man bediente sich ihrer Namen und Terminologien nach Art der Zauberformeln, es war nur ein dunkler, ahnungsvoller Drang nach ihren Mysterien. Auch andre völlig weltliche Gegenstände wurden in den Formen des Meistergesangs behandelt, obwohl, wenigstens in der spätern Zeit, meist außerhalb der Schule.

Nach all diesem ergibt sich uns als Zweck der Singschulen ein gesellschaftlich geregelter Betrieb der Singkunst und Dichtkunst in vorherrschender Richtung auf Erbauung und Lehre, auf göttliche und menschliche Weisheit:»Gott und der Welt gefällig«, wie der Freiburger Anschlag sagt. Der äußern Form geistlicher Brüderschaften unerachtet aber war es eine Kunst und Weisheit der Laien, in ihrer Sprache und ihren eigenen Tonweisen betrieben und, wie sich bei den Leistungen des Meistersanges zeigen wird, mitunter selbst in scharfer Opposition gegen die Geistlichkeit.

---

[19] Vergl. noch Wagenseil 558 f. Aretin, Beiträge IX. 1180.

2. Einrichtung und Satzungen der Singschulen.

Unter der Einrichtung der Singschulen verstehe ich die statutarischen oder herkömmlichen Bestimmungen ihrer gesellschaftlichen Organisation, unter den Satzungen die Regeln, welche für die Kunstübung selbst bestanden.

Was nun zuerst die Einrichtung betrifft, so betrachte ich hier die Singschulen als solche, als Kunstgenossenschaften. Über ihre, vielleicht ursprünglich allgemeine, wenn auch nicht wesentliche Eigenschaft als geistliche Konfraternitäten ist bereits das Nötige beigebracht worden.

Von urkundlichen Quellen sind hier wieder nur die Freiburger Urkunden durch den Druck zugänglich gemacht. Sonst gehört hieher vorzüglich das sechste Kapitel der Wagenseilschen Schrift, das von der Meistersinger Sitten und Gebräuchen usw. handelt. Der Verfasser versichert (S. 540), sein Bericht gründe sich auf die Nürnbergische und andre geschriebene Schulordnungen, wie auch die von den Meistersingern ihm mündlich geschehenen Anzeigungen und das, was er selbst bei ihnen in ihren Singschulen gesehen und gehört habe.

Die Meistersängergesellschaften bestanden, soweit wir sie in ihrer förmlichen Einrichtung verfolgen können, hauptsächlich aus Bürgern und Handwerkern. Sowie sie unter den Stiftern ihrer Kunst Gelehrte und Ritter nannten, so mochten sie sich durch den Beitritt von Männern aus diesen Ständen fortwährend geehrt finden, und die Freiburger Artikel schreiben sogar die Beiziehung von zwei geistlichen, der heiligen Schrift kundigen Merkern besonders vor. An manchen Orten scheint der Meistergesang späterhin auf bestimmten Handwerkszünften gehaftet zu haben, wie, angeführtermaßen, zu Ulm auf der Weberzunft; in dem Roman »Abenteuerlicher Simplizissimus« usw. aus der Zeit des Dreißigjährigen Kriegs (Ausgabe Mömpelgard 1669. S. 238) kommt ein hessischer Musketier vor: »derselbe war seines Handwerks ein Kürschner und dahero nicht allein ein Meister-Sänger, sondern auch ein trefflicher Fechter« usw.[20]

---

[20] (Man sehe die Stelle in der Ausgabe von A. v. Keller, T. 1, S. 344, H.)

Zur Aufrichtung solcher Vereine wurde die Bestätigung der städtischen Ratsbehörde eingeholt, wie der Freiburger Stiftungsbrief und die Straßburger Erneurung von 1598 zeigen.

Die Mittel zur Bestreitung des nötigen Aufwands wurden teils aus dem Stiftungsvermögen, teils aus den Eintrittsgeldern und sonstigen Beiträgen der Mitglieder und Zuhörer geschöpft. Zu Freiburg bestand die Stiftung aus den von Peter Sprung dafür verordneten »zwen Guldin Gelds, ablösig mit vierzig Guldin Hauptguets«, auch hatten sonst »viel Personen, geistlich und weltlich, Gelt an dise Bruderschaft gegeben, in Meinung, daß die volzogen solt werden«. Die übrigen Einkünfte waren folgende: am Tage vor jedem Hauptsingen sollte dieses, wie früher erwähnt, bei der Predigt im Kloster angesagt werden

und soll damit der Prädicant die Bruderschaft verkünden und auch ein Ermanung tun, ob sich Jemans inschriben lassen wellt, und welcher sich also inschriben ließ, der soll das erstmal inzuschriben 6 Pfenning geben und darnach alle Jar 6 Pfenning richten; die mag ein Jeder alle Jar samenthaft oder getheilt zu den zweien Houptsingen bezalen (Art. 3).

Was bei den gesungenen Ämtern auf den Altar fiel, wurde, nach Artikel 6, zwischen den Predigerherrn und der Singbrüderschaft geteilt.

Wieviel die Zuhörer zu bezahlen haben, ist nicht bestimmt; es heißt Artikel 14 nur allgemein:

Item was ufgehäpt wurd von den Frömbden, die den Singern zuhören wellen, das soll in der Brüderschaft Büchsen gelegt und daruß auch die Merker bezalt (werden). Doch sollend alle die, so in diser Bruderschaft sind, desglichen Doctores, Priester und Rathsherren frigen Zugang haben, dem Singen ufzulosen, und von denselben allen nichts genommen werden.

Zu Nürnberg stand vor der offenen Kirchtür ein Meistersänger mit einer Büchse, in welche die, so zugegen sein wollten, etwas Weniges, nach ihrem Belieben, einlegten. Von diesem Gelde wurden die Unkosten wegen aufgerichteten Gemerks bezahlt und die Gewinste gemacht (Wagenseil 543). Auch Strafgelder trugen einiges ein.

Die Freiburger Brüderschaft bestand aus Singern und solchen, Brüdern oder Schwestern, die nicht sangen. Letztere hatten für ihre Einlagen freien Zutritt bei den Hauptsingen und bei den Seelämtern mußte für sie gebeten werden, »es sient Singer oder nit« (Artikel 1); ebenso kam ihnen die feierliche Bestattung zu (Artikel 5). Ob auch an andern Orten solche nichtsingende Mitglieder teilnahmen, ist nicht besonders zu ersehen. In der angeführten Renovationsurkunde von Straßburg werden »Personen beiderlei Geschlechts aus allerhand Ständen« erwähnt, und zwar als solche, welche diese christliche Kunst »geliebt und im *exercitio* gehabt«, was in dieser Fassung auch auf die Schwestern bezogen werden kann.

Mit dem Vorstande und den Beamten der Gesellschaft war es zu Freiburg, laut Artikel 17, so bestellt:

Und sollent die Singer in dieser Bruderschaft gemeinlich oder durch den meren Teil alle Jar einen Hauptman und Bruderschaftmeister unter ihnen erwellen, denselben sollend dann die Singer bi Trüwen an Eides Statt globen und versprechen, die Puncten und Artikel, in disem Brief begriffen, war und stät zu halten, darwider niemer zu thun noch zu handlen; desglichen ein Büchs gemacht und der Bruderschaft Gelt darin verschlossen und verrechnet werden, wie es dann in andern Bruderschaften gehalten wurdet.

Für jedes Häuptlingen werden sodann vier Merker gesetzt und belohnt:

Art. 8. Item die Prediger-Herren sollend auch allweg zu den Häuptlingen unter ihnen selbs, ob sie es gehaben mögend, oder anderswa zven gelert Mann, oder doch zum wenigsten einen, die sich der heiligen göttlichen Geschrift verstanden, zu Merker geben und darsetzen. Desglichen sol die Bruderschaft auch zwen geben und die Bruderschaft denselben Merkern nach Gebüre umb ir Arbeit lonen.

Vom Geschäft dieser Merker wird am besten bei den Hauptsingen selbst die Rede sein.

Sonst wird noch Artikel 4 des Knechts der Brüderschaft gedacht:

Und allweg zu disen zweien Emptern (in den Fronfasten), desglichen zu den obgemelten Emptern, so uf die zwei Hauptsingen gehalten, wie obstat, soll durch der Bruderschaft Knecht allen Brüdern und Schwestern, so in der Bruderschaft und anheimisch[21] sind, verkünt werden.

Der besondre Hauptmann oder Bruderschaftsmeister kommt in den Nachrichten über die andern Singschulen nicht vor. Dort scheinen die Merker, der Zahl nach drei oder vier, die Leitung des Ganzen besorgt zu haben (Wagenseil 540. 544. Bragur III, 85 f.). Für die Kasse werden aus den Ältesten nach den Merkern zwei Büchsenmeister bestellt (Bragur III, 87 f.). Die Ansage der Singschule geschieht unentgeltlich durch den jüngsten Meister (Wagenseil 540 f.).

Hauptsingen oder Singschulen hießen die öffentlichen und feierlichen Kunstübungen der versammelten Meistersänger.

Sie sollten zu Freiburg jährlich zweimal, am Tage des Evangelisten Johannes, in den Weihnachtfeiertagen, und am Pfingstdienstag, je um Mittagzeit, gehalten werden. Das Lokal ist im Predigerkloster:

Art. 7. Desglichen sollend si (die Predigerherren) den Singern zu den beiden Hauptsingen Platz in irem Kloster geben, namlich im Winter in ihr Konventstuben und im Sommer im Reffental, und die Stuben oder das Reffental desselbenmals zieren mit Tüchern und andern Dingen, wie es dann darzu gehöret.

»In Nürnberg,« sagt Wagenseil S. 540, »ist denen Meister-Singern erlaubt, ihre Sing-Schulen die Sonn- und Feiertäge Nachmittag, so oft es ihnen gefällig, zu halten, welches jedoch der Zeiten [1167] gar selten und fast nur um die hohen Fest geschieht. Und ist hiezu sonderlich, von Alters, die sogenannte Catharina-Kirch, vielleicht weil selbige heilige Jungfrau und Märtererin[22] für eine Patronin der freien Künste *et omnis elegantioris literaturæ*, nach Art, als man vormals bei den Heiden die Minervam gehalten, in der Römischen Kirche aufgeworfen worden.«

Die Vorrichtungen in dieser Kirche und den Hergang des Singens beschreibt derselbe Schriftsteller so (S. 541 ff.):

»Immittels wird in der Katharina-Kirch, bei Anfang des Chors, ein niedriges Gerüst aufgerichtet, darauf ein Tisch mit einem großen schwarzen Pult und um den Tisch Bänke gesetzt werden, und wird

---

[21] anheimisch, zu Hause befindlich. Schmeller II, 194.

[22] S. hiegegen Ranisch, Leben Hans Sachsens 27.

solches Gerüst, welches man das Gemerke nennet, mit Fürhängen ganz umzogen, daß man außen nit sehen kan, was darinnen geschiehet. Eine kleine Kathedra, in Form einer Canzel, auf welche derjenige, so ein Meister-Lied absinget, sich setzet, und der Sing-Stul heißet, bleibt beständig unverrückt an ihrem Ort, ohnferne der großen Canzel, davon die Predigten gehalten werden.«

»Die Versammlung der Zuhörer usw. geschiehet nach dem mittägigen Gottesdienst usw., das ist umb Eins usw. Wann eine gute Anzahl Leute beisammen, geht das Freisingen an; in dem darf sich hören lassen, wer will, stehet auch denen Fremden frei, aufzutretten; und werden in dem Freisingen, außer denen Historien, so in H. Schrift verzeichnet, auch wahre und erbare weltliche Begebnüssen sampt schönen Sprüchen aus der Sitten-Lehr zu singen zugelassen. Es wird aber in dem Freisingen nit gemerkt und kan man also, außer den Ruhm, sonst nichts gewinnen, man mache es auch so gut, als man immer wolle. Wer nun singen will, setzet sich fein züchtig auf den Sing-Stul, ziehet seinen Hut oder Baret ab, und nachdem er eine Weile pausiret, fähet er an zu singen und fähret damit fort biß zum Ende.«

»Nach geendigtem Freisingen singen erstlich die gesampte Meister ein Lied, so daß einer vorsingt und die andern folglich mit einstimmen. Hernach gehet das Haupt-Singen an, in dem nichts, als was aus H. Schrift Altes und Neues Testamentes componiret, geduldet wird, und muß der Singer allezeit, bald Anfangs, das Buch und Kapitel anzeigen, woraus sein Lied getichtet. Wann in dem Haupt-Singen der Singer den Singstul bestiegen und eine Weile geruhet, schreiet der Förderste von den Merkern: Fangt an! Also macht der Singer den Anfang, und wann ein Gesätz oder Abgesang vollbracht, hält er innen, bis der Merker wiederum schreit: Fahrt fort! Nach geendigtem Gesang begibt sich der Singer von dem Stul und macht einem andern Platz.«

»Merker,«[23] fährt Wagenseil fort, »werden diejenigen genennet, welche als die Vordersten und Fürsteher der Zunft in dem verhängten Gemerk an dem Tisch und vor dem großen Pult sitzen, deren gemeiniglich 4 an der Zahl sind. Der eine und älteste hat die H.

---

[23] Vergl. Museum II, 21. Aretin, Beiträge IX, 1143, 22, 1147 f. 1161, 1.

Schrift, nach der Übersetzung des Herrn Lutheri, auf dem Pult liegend vor sich, schlägt den von dem Singer angegebenen Ort, woraus sein Lied genommen, auf und gibt fleißige Achtung, ob das Lied sowohl mit dem Inhalt der Schrift, als auch des Lutheri reinen Worten überein komme.«

Was hier, infolge der Reformation, seine besondre Gestaltung erhalten hat, ist doch der Hauptsache nach schon in den 1513 abgefaßten Freiburger Artikeln, und zwar in der angeführten Bestimmung des Artikel 8, vorhanden, wonach die Predigerherren »zwen gelert Mann, oder doch zum wenigsten einen, die sich der heiligen göttlichen Geschrift verstanden, zu Merker geben« sollen.

»Der andere, dem ersten entgegen sitzende Merker gibt acht, ob in dem Context des Liedes alles denen fürgeschriebenen Tabulatur-Gesetzen gemäß sei, und so was verbrochen wird, bemerkt er den Fehler und dessen Straf, das ist, wie hoch er an Silben angeschlagen werde, auf das Pult mit einer Kreide. Der dritte Merker schreibt eines jeden Verses oder Reimens End-Silbe auf und stehet, ob alles richtig gereimet worden, die Fehler ebenmäßig notirend. Und der vierte Merker trägt wegen des Tons Sorge, damit man den recht halte und nit verfälsche, auch ob in allen Stollen und Abgesängen die Gleichheit gehalten werde.«

(Auch von dieser nur umständlichern und anschaulichern Darstellung des Geschäfts der Merker ist doch das Wesentliche schon im Artikel 12 des Freiburger Briefes enthalten:

Item die geistlichen und weltlichen Merker, so gesetzt werden, sollen getrüw Ufmerken uf die Senger haben, und wo sie dieselben in ihrem Gesang irrig erfinden, es sig in welchem Stuck und wie es well, nichts vorbehalten, das sollend sie ihnen sagen und sollich Irthumb bi ihnen abstellen, auch die Singer ihrem Entscheiden und Geheiß gehorsam und gewertig sein.

»Unter währenden diesen Singen müssen sich die übrige Zunft-Genossen des Redens und Geräusches enthalten, damit der Singer nit irr gemacht werde. Es soll auch kein Singer das Gemerk überlaufen, keiner ohne Erfordern in das Gemerk gehen und sich darein setzen und also den Merkern in das Ampt fallen und eingreifen. Wann nun alle Singer mit ihrem Gesang fertig sind, so gehen die Merker zu Rath, wie ein jeder bestanden, und wann sich findet, daß es einige gleich gut gemacht und keiner mehr Silben versungen, als der ander, müssen sie umb den Preis gleichen und weiter sich hören lassen, bis so lange einem vor dem andern die Ehre des Gewinns bleibet und einer um wenigere oder gar keine Silben strafbar erfunden wird und also glatt singet.«

»Hierauf werden die Gewinnungen ausgetheilet und rufen die Merker die zween, so sich am tapfersten gehalten, einen nach dem andern für das nunmehr aufgezogene Gemerk und geben ihnen, was sie durch ihr Singen verdient. Dem Übersieger, so es am allerbesten gemacht, gebühret zu Nürnberg die Zierde des Gehängs. Solches Gehäng ist eine lange silberne Kette, von großen breiten, mit dem Namen derer, die solche machen lassen, bezeichneten Gliedern, an welcher viel, von allerlei Art, der Gesellschaft geschenkte silberne Pfenninge hangen. Nachdem aber selbige Kette wegen der Größe etwas unbrauchbar und zum Anhenken sich nicht allerdings schicken will, so ward an deren Statt dem, so den Preis davon getragen, eine Schnur, daran drei große silberne und verguldte Schilling gebunden, überreicht, mit welcher man füglicher sich schmücken und prangen kunte. Solche Schnur hat den Namen des König Davids; dann auf dem Mittlern Schilling, welcher der schönste, ist der König David auf der Harpfen spielend gebildet, und hat solchen Hans Sachs der Gesellschaft hinterlassen.«

Wagenseil bemerkt hiebei: weil die Schnur wegen Alters zerreißen wollen, der Schilling auch sehr abgenutzt gewesen, hab' er der löblichen Gesellschaft eine silberne Kette zu fernerem Gebrauch machen lassen, an die er eine vergüldete Medaille gehenkt, mit Namen und Jahrzahl, 1696, auch der Inschrift:

Pollio amat vestram, quamvis sit rustica, Musam.

»Dem Nächsten nach dem Ubersieger wird ein von seidenen Blumen gemachter schöner Kranz zu Theil, welchen er aufsetzet. Je zu Zeiten findet sich ein Liebhaber, der aus Freigebigkeit etwas zu versingen aufwirft, und wann solches auf gewisse Singer geschiehet, werden die übrigen davon ausgeschlossen. Zu merken, daß der Ubersieger, oder König-David-Gewinner, auch diesen Vortheil davon trägt, daß er in der nächsten Sing-Schul, so darauf gehalten wird, mit in dem Gemerk sitzen darf. Und so etwan die Merker etwas überhören, soll er sie dessen erinnern, auch wo irgend ein

Stritt würde fürfallen und die Merker ihn fragten, ist er schuldig, dessen, was er gefragt wird, mit Bescheidenheit Antwort zu geben« usw.

(Vergl. Freiburger Art. 13: Item welcher die best Gab gewinnet, der soll darnach zu dem andern Singen ein Merker sin. Aber ein Singen mag er vor und nach wol singen, doch nit um die Gaben, es werd ihme dann von den Singern zugelassen.)

»Ein Kranz-Gewinner soll die nächste Schul an der Thür stehen und das Geld einnehmen usw. Die Merker sollen treulich und fleißig nach Inhalt der Kunst und nit nach Gunst merken, einem, wie dem andern, nachdem ein jeder singt, nicht anderst, als ob man darzu vereidet worden, ob man zwar darüber nicht schweren soll, noch kan. Wann auch eines Merkers Vatter, Sohn, Bruder, Vetter, Schwager usw. singt, soll der Merker, weil er parteiisch, sein Ampt, biß der Singer ausgesungen, einstellen und indessen der Büchsen-Meister, oder sonst ein unparteiischer Singer und Gesellschafter an des Merkers Statt merken. Eines Singers Fehler können ihm, nach Gutachten der Merker, entweder alsobald nach seinem Singen und Gleichen, oder erst nach gehaltener Sing-Schul absonderlich, damit ihn andere nicht verhöhnen, angezeigt werden. Wann einer im Singen, wie auch Tichten, sonders gut und dannenhero wenig oder gar keinen Fehler begienge, soll er darum seine Gaben nicht misbrauchen, noch andere neben sich verachten.«

Auf das Hauptsingen folgte das Mahl oder die Zeche. Darauf bezieht sich der schon angeführte Artikel 15 des Freiburger Stiftungsbriefs, vom Singen über und nach dem Mahle, sowie eine Bestimmung des Artikels 7:

Darzu (sollen die Predigerherren) in ihrs Gotshus Küchin kochen lassen und darzu Holz geben; darfür sol man ihnen, nämlich für Holz und Salz bezalen dri Plappart;[24] kocht man aber nit, so ist man ihnen nichts pflichtig, die Singer wellen ihnen dann sonst ein Erung thun. Doch daß in disem allem dem gemeinen Guet hie zu Friburg nichts entzogen, sonder das Brot am Laden und der Win vom Zapfen gereicht werde, es wäre dann, daß man den Singern ein sundere Erung thäte, alles ungeverlich.

---

[24] Plappart, ein Grosch, 3 Kreuzer. Schmeller I, 337.

Wagenseil meldet, S. 555, von solchen Gelagen:

»Des Tages, wann man Schul gehalten, ist gebräuchlich, daß die Gesellschaft der Singer eine erbare, ehrliche, friedliche Zech halte. Auf solcher Zech soll ein jeder sein Gewehr von sich legen; auch soll alles Spielen, unnütze Gespräch und überflüßige Trinken verbotten sein und wird ein Zechkranz zum besten gegeben, damit, wem es beliebt, darum singen möge. Es sind aber Strafer und Reizer[25] zu singen verbotten, als woraus nur Uneinigkeit entstehet. Es soll auch keiner den andern auffordern, umb Geld oder Geldswehrt zu singen. Ebenmäßig soll niemand zu denen Merkern an ihren Tisch unerfordert hinsitzen. Der auf der Schul den Kranz gewonnen, soll bei der Zech aufwarten und fürtragen. Wann er es aber nicht allein bestreiten könte, soll ihm der, so auf vorhergegangener Schul den Kranz gewonnen, aufwarten helfen. Die, so auf der Schul das Kleinod oder Kranz gewonnen, oder glatt gesungen, sollen mit 20 Groschen begabt werden. Ein Merker bekommt 20 Kreuzer. Die Zech soll von dem Geld, so auf der Schul aufgehoben worden, bezahlet werden; wann aber die Schul nit so viel getragen, soll der Abgang von gemeiner Büchse ersetzt werden.«

Die Kunstfertigkeit, welche bei den öffentlichen Singen zur Schau gelegt wurde, die Kenntnis der Kunstregeln, welche hiebei beobachtet werden mußten und deren Versäumnis der Kreide der Merker anheimfiel, setzten einen förmlichen Unterricht und eine mittels dessen erlangte Meisterschaft voraus. Auch von den Einrichtungen, welche zu diesem Behufe bestanden, ist noch zu handeln.

Dieselben waren dem Lehr- und Meisterwesen bei den Handwerkszünften analog. Der Unterschied lag nur darin, daß man den Gesang, wenn auch handwerkmäßig genug, doch nicht als ausschließlichen Beruf, sondern als eine aus freier Lust und Liebe gepflegte Nebenbeschäftigung behandelte. (Vergl. Bouterwek 275.) Der Freiburger Stiftungsbrief enthält nichts über die Bildung zum Meistergesange, die Einladung von 1630 aber spricht ausdrücklich von Meistern und Gesellen:

---

[25] Vergl, S. 543 und Freiburger Einladung von 1630: »auch soll kerne Reizlied, Schmützung, Schmehung usw. gesungen werden«.

Derowegen ist unser Bitt und Beger, wo etwan Meister oder Gesellen vorhanden weren, die Gott mit solcher Kunst begabt hett,
auch Lieder könnten, die Zahl und Maß haben usw. wollen sich zu
uns verfügen, alda mit uns singen usw.

Nähere Auskunft gibt Wagenseil S. 546ff.:

»Wann sich bei einer Person Lust und Lieb zu der Meister- Sin-
ger-Kunst befindet, gibt sie sich bei irgend einem Meister, zu dem
sie das Vertrauen hat und der wenigst einmal das Kleinod gewonnen, an und bittet selbigen, daß er ihr wolle mit gutem Unterricht
an Hand gehen. Ein solches thut der, so angesprochen wird, gar
gerne und übernimmt die große Mühe, welche sonderlich die Belehrung der sehr schweren Töne verursachet, ganz umsonst, nur
aus Liebe, die Kunst auf die Nachkommen zu befördern. Welcher
willen auch die Meister-Singer sich selbsten um Schuler bewerben
und dißfalls ihre Ruhe und Schlaf abbrechen, sintemalen sie den
Tag zu ihrer Berufs-Arbeit und Gewinnung der Nahrung anwenden
müssen. Wann ein Lehrling sich wol gehalten, die Lehr-Sätze und
eine zimliche Anzahl von Tönen, sonderlich aber die 4 gekrönte,
begriffen, wird er auf der Zech, oder in dem Wirtshaus, wo die gewöhnliche Zusammenkünften geschehen, nach abgelegter Jahr-
Rechnung, so gemeiniglich an dem Thomas-Tag geschiehet, der
Gesellschaft durch den Lehrmeister fürgestellet, mit Bitte, solchen in
dieselbe aufzunehmen.«

Hierauf stellen die Merker eine Prüfung an und erforschen, ob
der Lehrling ehrlicher Geburt, ob er nicht leichtfertig sei, sondern
sich eines stillen und ehrbaren Wandels befleißen, ob er die Singschule stets besucht. Ferner wird er auf die Probe gesetzt, ob er die
Kunst genugsam erlernt und wisse, was es mit den Reimen nach
Zahl, Maß und Bindung für eine Beschaffenheit habe usw., ob er mit
der gehörigen Anzahl von Tönen gefaßt sei usw., ob er im Fall der
Not ein Lied merken könne. Man gibt ihm dabei im Singen 7 Silben
bevor; wenn er darüber versingt, kann er nicht aufgenommen werden. Nach all diesem treten der Empfehlende und der Empfohlene
ab, und der älteste Merker läßt die Umfrage ergehen, ob letzterer
der Gesellschaft angenehm sei und für tüchtig erkannt werde. Auf
erfolgte Einwilligung geschieht die Aufnahme, wobei der Aufzu-
nehmende sich verpflichten muß:

1. »Daß er bei der Kunst beständig bleiben und von dem Gesang nicht weichen, sondern fest darob halten wolle.
2. Daß, wann an einem Ort etwan der Kunst und Gesellschaft übel und spöttlich sollte nachgeredet werden, er solches, so er es höret, mit Bescheidenheit widersprechen und der Kunst nichts zu kurz geschehen lassen wolle.
3. Daß er mit denen Gesellschaftern friedlich und schiedlich leben, sie für Schaden warnen, ihnen in allen Leibes-Nöthen helfen und beistehen, ihr Gut und Nahrung bessern und behüten, alles gutes von ihnen reden, und so jemandes ungleich sollte gedacht werden, sich ihn zu entschuldigen und zu vertheidigen äußerst wolle angelegen sein lassen.
4. Daß er kein Meisterlied oder Ton auf öffentlichen Gassen, so Tags, so Nachts, auch nicht bei Gelagen, Gastereien, oder andern üppigen Zusammenkunften, wie auch nit, so er etwan solte bezecht sein, singen und hiedurch der Gesellschaft einen Schandfleck anhenken wolle. Jedoch wird ihm erlaubt, gegen Fremde, so Verlangen tragen, ein Meister-Lied zu hören, wann man versichert, daß sie kein Gespött daraus treiben werden, sich hören zu lassen.«

Man hatte in früherer Zeit auch im Brauch, einen solchen Neuling mit Wasser zu begießen, was man die Taufe hieß. Solche geschah in Gegenwart von drei Merkern, deren einer der Täufer, die beiden andern die Paten waren (Bragur III, 94).

Nurch diese Prüfung und Taufe wurde der Lehrling, wie ich glaube, zu dem, was die Freiburger Urkunde Gesellen nennt. Eine weitere Stufe war das Meisterwerden.

Wenn sich nämlich ein Sänger eine Zeitlang auf den Schulen zur Zufriedenheit hören lassen und sonst untadelhaft verhalten, konnte er um die Freiung auf den Stuhl anhalten, d. h, daß er auf offener Singschule freigesprochen und für einen Meister erklärt werde. Ein etwas später Meistersang (Wagenseil 548 ff.) stellt diese Handlung dar, doch ohne Zweifel nach altem Gebrauche. Zuerst der Gruß, worin der Bewerber sein Begehren stellt. Ein Meister bewillkommt ihn mit Gesang und legt ihm Fragen vor über den Ursprung der Kunst und ihre Gesetze. Nachdem er hierauf genügend geantwortet, singen ihm die Meister zu, daß er nun zu ihnen eintrete, um die Meisterschaft und den Kranz zu empfangen. Dieser wird ihm jedoch erst aufgesetzt, nachdem er zum Meisterstück die 4 gekrönten Töne abgesungen.

So viel von der Einrichtung der Singschulen. Nun von ihren Satzungen oder Kunstregeln. Diese machten den Inhalt der Tabulatur, die den Sängern und Merkern zur Richtschnur diente und zu gewissen Zeiten auf den Zechen abgelesen wurde (Wagenseil 533).

Aus geschriebenen Tabulaturen und aus den gedruckten in Puschmanns Bericht des deutschen Meistergesangs von 1572 und in der von der Meistersängergesellschaft zu Memmingen herausgegebenen »Kurzen Entwerfung des deutschen Meister-Gesanges, Stuttgart 1660«, finden sich Auszüge in den angeführten Abhandlungen von Wagenseil, Häßlein, Büsching.

Diese Tabulaturen geben nicht eine zusammenhängende, positive Unterweisung in der Kunst. Sie verzeichnen vielmehr in einzelnen Sätzen hauptsächlich die Fehler, welche von den Sängern zu vermeiden und von den Merkern zu notieren und zu strafen sind. Das Sünden- und Strafregister bei Wagenseil 525 hat 32 Artikel. Außer denjenigen Fehlern, durch welche man sich ganz und auf einmal versingt und wegen deren man wohl ganz von der Schule ausgeschlossen werden kann, wird nach Silben gestraft. Die Sänger haben nämlich nach ihren verschiedenen Graden eine Anzahl Silben voraus; wer nun um mehr Silben gestraft wird, als er voraus hat, der hat sich versungen, d. h. er kann weder einen Preis erlangen noch den höhern Grad, um den er sich bewarb. Die Zahl der vorausgegebenen Silben richtet sich zugleich danach, ob die Gesätze eines Liedes mehr oder weniger Zeilen haben (Bragur III, 83 f.).

Man könnte die einzelnen Artikel der Tabulatur nach den vier Hauptgeschäften ordnen, welche den vier Merkern für die Beobachtung des Gesanges angewiesen sind: Schriftmäßigkeit des Inhalts, Vers, Reim, Ton. Da wir jedoch eine scharfe Abteilung nicht durchgeführt finden, so mag es genügen, das Bemerkenswertere aus der Nomenklatur dieser Artikel ohne strengere Folge aufzuzählen und am Schlusse einige allgemeine Gesichtspunkte anzugeben.

Bar heißt ein ganzes Meistersängerlied.[26] Gesätze heißen die Strophen des Bars; deren sind entweder drei, oder fünf, oder sieben und danach nennt man den Bar ein gedrit, gefünft, gesiebent Lied (Büsching, Sammlung S. 174). Das Gesätz zerfällt in Stollen und Abgesang. Die Stollen sind zwei, den vordern Teil des Gesätzes (den Aufgesang) bildende, nach Versbau, Reimstellung und Melodie gleichartige Gliederungen. Der Abgesang, der hintere Teil des Gesätzes, ist von den Stollen verschieden und auch in sich selbst weniger gleichartig gegliedert. Es läßt sich dieses an der bekannten Form des Sonetts deutlich machen, die beiden gleichgebauten Quaträns entsprechen den Stollen, die beiden Terzinen dem Abgesang: in den letztern ist wenigstens eine ungleiche Reimstellung gestattet, z. B. die Mittelzeile der ersten Terzine reimt mit der Anfangs- und Schlußzeile der zweiten und umgekehrt die Mittelzeile der zweiten Terzine mit der Anfangs- und Schlußzeile der ersten.

Manchmal folgt nach dem Abgesang noch ein Stollen, d. h, ein den beiden vordern Gliederungen gleichartiger Teil.

Von den verschiedenen Arten der Reime oder ihrer Gegensätze kommen vorzüglich folgende in Betracht: Stumpfe Reime, die einsilbigen, männlichen; klingende Reime, die zweisilbigen, weiblichen. Waisen, oder bloße Verse, der Gegensatz der Reime, sind einzelne reimlose Zeilen, welche weder im Gesätze selbst, noch in den folgenden gebunden werden. Körner dagegen sind diejenigen Reime, welche nicht je im Gesätze selbst, aber in allen nachfolgenden ihren Anklang finden.

Die Zahl der Silben für eine Verszeile ist bei Wagenseil 525 auf höchstens 13 angegeben. Puschmann läßt nur 11 bis 12 zu. Er sagt:

»In den längsten Reimen halte ich dafür, daß man darin nicht über zwölf und elf Silben machen soll; denn ein zwölfsilbiger Reim, der hinten und vorne oder auch in der Mitte zierliche Blumen und Koloraturen hat, gibt einem zu schaffen, wenn man ihn ohne Absatz in einem Atem aussingen will.« (Büsching, Sammlung S. 180.)

Aus dem Verzeichnis der Fehler mag folgendes ausgehoben werden.

---

[26] Vergl. Aretin, Beiträge IX, 1161, 51: Ein par usw.

Ein Fehler ist, wenn nicht nach der hochdeutschen Sprache gesungen wird,

»wie denn dieselbe Sprache in der Wittenbergischen, Frankfurtischen und Nürnbergischen Bibeln, auch in aller Fürsten und Herren Kanzleien üblich und gebräuchlich ist.« (Büsching 182 f. Wagenseil 525.) »Was aber das Aussprechen der Wörter betrifft, kan ein frembder Singer, wann er durch und durch seines Landes übliche Sprach gebraucht (ihr nicht wieder im einzelnen des Reimes wegen ungetreu wird, Bragur III, 69), auch in den Bundwörtern, aus Freundlichkeit, damit wol gedultet werden, auf daß man nit beschuldiget werde, daß man jemandes Sprach strafe, oder verwerfe. Doch müssen die Bundwörter von einerlei Vocalibus regiert werden.« (Wagenseil 525. Büsching 185 f.)

Es zeigt sich hierin ein lobenswertes Bestreben, eine gemeinsame Schriftsprache zu begründen, dabei aber doch besonders für die lebendige Mitteilung die mundartige Färbung nicht völlig auszuschließen.

Falsche Meinungen sind alle der reinen christlichen Lehre zuwiderlaufende Menschenlehren. Auch rechnete man dahin, was sonst den guten Sitten und der Ehrbarkeit entgegen war. Sie sind ein grober Fehler.

»Welcher derowegen dergleichen bringet oder singet, der wird nicht begabt, sondern hat gänzlich versungen. Ja es kan ihm, nachdem die Materie wichtig, scharf untersagt und hart verwiesen, er auch von der Schul weggeschafft werden.« (Wagenseil 525.) Eine blinde Meinung ist, wenn man durch Auslassungen unverständlich wird, »als: ich, du soll kommen, für: ich und du sollen kommen.« So viel nun Worte blind sind, d. h. ausgelassen werden, für so viele Silben wird man abgestraft.

Laster hießen vorzüglich unreine Vokalreime.

Eine Klebsilbe ist, wenn man Silben ungehörig zusammenzieht, z. B. keim für keinem, gsprochen für gesprochen, und selbst im für in dem, vom, zum, zur (Wagenseil 527. Vgl. Büsching 195).

Milben sind, wenn des Reimes wegen ein nicht entbehrlicher Buchstabe abgebrochen wird, als: ich kann nicht singe statt singen, um auf Dinge zu reimen, Gesetz und letzt (Wagenseil 529. Büsching 190).

Fehler des Vortrags sind unter anderem nachstehende:

Ein Stutz, auch Pause, Zucken, ist, wenn man stutzt oder stille hält, wo man nicht anhalten sollte. Dies wird für eine, zwei oder mehr Silben gestraft, so viele nämlich, als man während der Pause bedächtig aussprechen kann (Büsching 189. Wagenseil 529).

Falsche Melodei ist, wenn man einen Ton durch und durch anders singt, als ihn sein Meister gedichtet hat. Ein solcher Sänger hat sich gänzlich versungen (Wagenseil 531. Vgl. Büsching 192).

Falsche Blumen oder Koloraturen werden angebracht, »wenn man im Stollen oder Abgesange die Verse anders blümet oder colorirt (mit andern Läufen u. dergl. singt), als sie ihr Meister geblümet hat, so daß durch solches übrige oder falsche Blümlein der Ton unkenntlich wird; oder wenn man einen Vers das eine mal mehr oder weniger beblümet, als das andere mal.« (Büsching 192. Wagenseil 531.)

Sowie man, nach diesen letztern Bestimmungen, darauf achtete, daß die Töne der Meister weder in ihrem Grundbestande, noch in den Verzierungen gefälscht würden, worüber der vierte Merker eigens zu wachen hatte, so suchte man auch zu verhüten, daß nicht die neuen Tondichter sich zu viel von den Tönen andrer aneigneten:

»Wer einen Meisterton machen, oder melodiren will, der muß mit Fleiß Achtung haben, daß keine Melodei, so er tichtet, in einen andern Meisterton eingreife und denselben berühre, so weit als 4 Silben sich erstrecken, sondern daß er eine ganz neue Melodei und Blumen, so andere Töne der Meister-Singer nit haben, ersinne.« (Wagenseil 532.)

Die Wichtigkeit, welche man auf die Erfindung eines meistermäßigen Tones, einer neuen Melodie mit entsprechendem Strophenbau, legte, erweist sich auch in dem feierlichen Verfahren, mittels dessen der neue Ton geprüft, gewürdigt und dem Namen seines Erfinders gesichert wurde.

»Billich ist es und recht, daß man einen Ton von seinem Meister selbst höre, also, daß er den Ton zum ersten mal auf das nidrigste, als er vermag, für der ganzen Gesellschaft singe, zum andern mal mit vollkommener Stimm, wie man auf der Schul pflegt zu singen, zum dritten mal auf das höchste, als er ihn mit der Stimm erheben kan, es würde dann von wegen Alters, der unvermöglichen Stimm halben, zugelassen, daß ein anderer in seinem (des Tichters) Namen den Ton fürsänge, und da soll er, so es sein kan, den Ton hören fürsingen, als seinen Ton bestättigen und um das Bedenken darüber gebührend anhalten. Wann dann nun derselbe Ton bewährt und gut gesprochen wird, alldieweilen sonderlich dadurch in keines andern Tons Melodei mit 4 Silben eingegriffen wird, alsdann soll der Tichter seinem Ton, zum Unterschied anderer, einen ehrlichen und nicht verächtlichen Namen geben und zween Gevattern dazu bitten, hernach drei Gesätz, aus der ihm von den Merkern fürgegebenen Materie, in bemeldtem Ton machen und in das hierzu verordnete Meister-Singer-Buch, so ins Polpet [pulpitum] gehörig, zum Gedächtnüs einschreiben, dabei auch Jahr und Monats-Tag sampt seinem des Tichters Namen sollen gesetzt werden.« (Wagenseil 532 f.)

Wir besitzen lange Listen solcher getaufter Töne. Darunter vier gekrönte Töne[27] von solchen Meistern, die als Stifter des Meistergesanges genannt werden, Frauenlob nämlich, Regenbogen, Marner und Müglin, aber auch mehrere unter den Namen noch älterer Sänger, Walthers von der Vogelweide, Wolframs usw. Manche Tönenamen klingen ziemlich poetisch: der blühende Ton Heinrich Frauenlobs, der frische Ton Hans Vogels, die Liljenweis ebendesselben, die Engelweis ebendesselben, die Lerchenweis Heinrich Enders usw. Andere lauten überaus seltsam, besonders von spätern Meistern, die sich im Abenteuerlichen immer mehr überboten, z. B.: die kurze Affenweis Georg Hagens, die gestreift Safranblümleinweis Hans Friedeisens, die warme Winterweis Georg Winters, die traurige Semmelweis Semmelhofers usw. Namentlich hat M. Ambrosius Metzger sich in den sonderbarsten Namen seiner Töne gefallen: die Weberkrätzenweis, die Schwarzdintenweis, die Schreibpapierweis, die verschlossene Helmweis, die Cupidinishandbogenweis, die

---

[27] Vergl. Grimm 114.

fröhliche Studentenweis, die hochsteigend Adlerweis, die abgeschiedene Vielfraßweis, die Fettdachsweis usw. Dieses aus dem Verzeichnis bei Wagenseil 534 ff. Proben einer kritischen Tafel der Meistersängertöne von Büsching im Neuen Litterarischen Anzeiger 1808. 22 Merz, 28 Juni. Ein kleineres Verzeichnis von Docen in Aretins Litterarischen Beiträgen IX, 1177 f.

Wenn wir unter der Menge der einzelnen Bestimmungen allgemeinere Gesichtspunkte für die poetische Technik des Meistergesanges festzuhalten suchen, so zeigt sich uns, daß die eigentlichen Grundregeln des Strophenbaus, des Silbenmaßes und des Reimes, wodurch der Meistersang mit der Liederkunst der ältern Sänger zusammenhängt oder sich von dieser unterscheidet, mehr vorausgesetzt, als bestimmt ausgesprochen sind.

Für den Strophenbau ergibt schon der gesamte Minnesang den Grundsatz der Dreiteiligkeit oder, noch allgemeiner gefaßt, der Zusammensetzung der Strophe aus gleichartigen und ungleichartigen Gliedern, wodurch dieselbe einerseits Festigkeit, anderseits freie Bewegung erlangt. Was die Meistersänger Stollen und Abgesang nennen, läßt sich in der Form des einfachsten Minneliedes erkennen, z. B. (die Tanzweise Ulrichs von Lichtenstein, in der Ausgabe von Lachmann S. 97):

> In dem Walde süeze doene
> singent cleiniu vogellîn.
> An der Heide bluomen schoene
> blüejent gegen des meien schin.
> Also blüet mîn hôher muot
> mit gedanken gegen ir güete,
> diu mir rîchet min gemüete,
> sam der troum den armen tuot.

Aber die Strophenteile, welche hier kurz zusammengestellt und leicht verschlungen sind, treten in den Gesätzen des Meistergesanges, deren Ausdehnung stets im Zunehmen begriffen ist, in breiten Massen auseinander, deren gekünstelter Zusammenhang sich oft nur mühsam verfolgen läßt. Wagenseil bemerkt S. 533:

»Mit den überlangen Tönen befindet es sich nicht bei den Alten, daß einer den andern so hoch überstiegen hatte, wie jetzo geschiehet. Noch ist übrig lang und hoch hinauf gestiegen, wann ein Ton 100 Reimen oder Vers hat, und sollen die Tön, so über 100 Reimen enthalten, keinen Vorteil haben für denen, so hundert begreifen.«

Über das Silbenmaß besagen die Tabulaturen:

»Ein jedes Meister-Gesangs Bar hat sein ordentlich Gemäß in Reimen und Silben, durch des Meisters Mund ordinirt und bewährt; diß sollen alle Singer, Tichter und Merker auf den Fingern auszumessen und zu zählen wissen.« (Wagenseil 521.)

Vergleichen wir diese Regel mit ihrer Anwendung in den vorliegenden Meisterliedern, so können wir sie bestimmter so fassen: nur für die Länge der Verse[28] besteht ein Maß in der Anzahl der Silben, die Silben selbst aber werden nicht gemessen, sondern gezählt.

Die ältere deutsche Metrik rechnete nicht nach Silben, sondern nach Hebungen, Tonhebungen, Akzenten (bei den Alten *arsis, ictus*). Die bestimmte Zahl von Hebungen in jeder Verszelle konnte mehr oder minder von schwächer betonten Silben im Vorschlag *(anacrusis)* oder in der Senkung *(thesis)* begleitet sein. Diese scheinbare Ungleichheit findet ihre Ausgleichung in der ursprünglichen Bestimmung aller Poesie zum musikalischen Vortrag. Dem Worte lag nur die unentbehrlichste Bezeichnung der Grundform durch Angabe der notwendigen Anzahl von Taktschlägen ob, die Zwischenräume konnten durch Wort oder durch bloßen Klang ausgefüllt werden. Schon im Laufe des 13. Jahrhunderts treten aber die Zwischensilben immer vollständiger und regelmäßiger ein, so jedoch, daß der Gehalt der Haupttonsilben noch immer den Grundbau des Verses bildet. Der Periode des Meistersanges war es vorbehalten, die geregelte Mannigfaltigkeit der altern Tonmessung durch eine starre Silbenzählung, ohne Rücksicht auf Gehalt und Ton der einzelnen Silben, zu ersetzen, z. B.:

> Als man zelt vierzenhundert jar
> Und vier und neunzig jar fürwar

---

[28] Vergl. Göz II. 10: scandieri

Nach des herren Christi geburt,
Ich Hans Sachs gleich geboren wurd usw.

Diese leblose, unorganische Technik fand allerdings nicht bloß in den eigentlichen Meisterliedern statt, sie tritt uns auch in andern, weniger in enge Formen eingezwängten Gedichten entgegen, wie namentlich an den vielen, im ersten Abschnitt aus erzählenden Dichtungen vorgetragenen Proben zu bemerken war, mag dieses nun in dem Einflusse des Meistergesangs oder in dem allgemein verlorenen Sinne für einen lebendigern Rhythmus seinen Grund haben. Während sich bei Hermann von Sachsenheim noch einiger Sinn für die frühere Beweglichkeit äußert, geht im Teurdank die mechanische Silbenzählung noch weiter, als selbst im Meistergesange, indem sogar der Wechsel von ein- und zweisilbigen Reimen durch die Reduktion der letztern auf eine unveränderliche Silbenzahl großenteils aufgehoben wird, z. B.:

Man(i)cher über got den herrn klagt,
Wie er hab die menscheit geplagt,
Das er si habe beschaffen,
Nacket, ploß, on alle Waffen usw.

Der Reim im Meistergesange teilt sich in den stumpfen und den klingenden, was die Tabulatur als gleichbedeutend mit ein- und zweisilbigem nimmt. Dieses bedarf keiner besonderen Erläuterung, da es mit unsrer jetzigen Unterscheidung von männlichen und weiblichen Reimen zusammentrifft. Aber auch hierin verschloß sich das Ohr allmählich dem prosodischen Gefühle der mittelhochdeutschen Reimkunst, nach welchem Wörter, die nach Bildung und Schreibung zweisilbig sind, doch vermöge des kurzen Selbstlauters ihrer Tonsilbe im Reime den einsilbigen gleichgezählt werden, z. B. sägen, trägen, welche einsilbig gelten, während vrâgen, wâgen (audere) wirklich zweisilbige Reime sind. Eine andre hauptsächlich für die fortlaufenden Reimpaare, die gewöhnliche Form der erzählenden Gedichte, in der mittelhochdeutschen Poesie herkömmliche Regel, wonach drei Hebungen mit klingendem Reime vier Hebungen mit stumpfem gleich liefen, was eine angenehme Abwechslung herbeiführte, war gleichfalls in Abgang gekommen. Wenn z. B. eine Erzählung von Hans Sachs anfängt:

Zu Poppenreut ein pfarrherr saß,
Der voll der guten schwenke was.
Er war mit worten unverdrossen.

so hätte das zweite Reimpaar nach der altern Weise lauten müssen:

Mit worten unverdrossen,
Riß an der predig bossen usw.

Die vorerwähnte silbenzählende Behandlung der klingenden Reime im Teurdank hat damit nichts mehr gemein, so wenig als mit dem noch ältern Reimgebrauche, vermöge dessen auch die noch kräftigern Flexionsendungen die für den stumpfen Reim erforderliche Betonung hatten und darum eigentlich noch gar keine klingende Reime vorhanden waren.

3. Leistungen der Singschulen

Den umständlichen äußern Zurüstungen für die Übung des Meistergesangs entsprechen die Leistungen desselben allerdings der Masse nach, mit welcher jedoch der poetische Wert derselben in keinem Verhältnis steht. Von den zahllosen Liedern, die zum Teil mit den Singnoten in den handschriftlichen Meistergesangbüchern auf den Bibliotheken zu Augsburg, Heidelberg, Nürnberg, Dresden usw. begraben liegen, ist im ganzen nur weniges zum Drucke gegeben. Die Lieder der ältern Meister, vom Schlusse des 13. Jahrhunderts, vor dem erweislichen Bestande der zunftmäßigen Genossenschaften, sind zwar aus der Manessischen und der Jenaer Handschrift in den früher angeführten Sammlungen abgedruckt. Auch sonst ist manches Einzelne in den Schriften über den Meistergesang, in den Zeitschriften und Kollektaneen für ältere deutsche Literatur, in Görres Volks- und Meisterliedern usw. bekannt gemacht. Aber der eigentliche Hort des Meistersanges liegt doch noch unerhoben in den Handschriften und es wird auch niemand das Gelüste haben, ihn vollständig zu erheben. Dennoch wird man sich etwas tiefer, als bisher geschehen, in die durch Umfang und Inhalt ziemlich abschreckenden Liederbücher hineinwagen müssen, bevor über das in mancher Beziehung gewiß merkwürdige Institut der Singschulen und das Verdienst ihrer Leistungen eine ganz befriedigende Rechenschaft möglich ist.[29]

Wir finden im Meistergesange kein vorschreitendes Wachstum der Poesie. Es ist vornherein geistig belebter, dem Inhalte nach mannigfaltiger, der Form nach beweglicher, als im Verfolge der Zeit. In poetischer Hinsicht ist er in stetiger Abnahme begriffen; er ist nicht als eine selbständige Entwicklung, sondern nur als das Erstarren und Hinwelken der Liederkunst des Mittelalters zu betrachten.

Die Gegenstände der Meisterlieder sind, nach dem angegebenen Zwecke der Singschulen, vorherrschend religiöse und moralische. So besonders in unsrem Zeitraum. Doch ließ noch im ersten Viertel des 15. Jahrhunderts Muscatblut, dessen Weisen in der Singschule

---

[29] Dies ist nun neuerdings durch die von Bartsch veranstaltete Auswahl aus der Colmarer Liederhandschrift wesentlich erleichtert morden. H.)

langehin im Ansehen blieben, in meistersängerischer Form Anklänge des älteren Minnesanges vernehmen. Ganz waren auch im weitern Verlaufe des 15. und 16. Jahrhunderts weltliche und nicht unmittelbar lehrhafte Gegenstände vom Meistergesange nicht ausgeschlossen. Wurden sie auch in den Hauptsingen nicht zugelassen, so waren doch in den vorangehenden Freisingen auch »wahre und ehrbare weltliche Begebnisse« (Wagenseil 543) gestattet. Noch weniger Strenge dürfen wir hinsichtlich der Lieder voraussetzen, welche bei den Mahlen abgesungen wurden, und der Zechkranz (Wagenseil 555) mochte wohl auch mitunter durch einen mutwilligen Gesang gewonnen werden. Es sind auch wirklich manche Meistergesänge scherzhaften, verliebten, romantischen Inhalts vorhanden. (Vgl. Grimm 125 f.) Unter denen der letzten Art verstehe ich solche, worin Gegenstände behandelt sind, die sonst mehr der Erzählung im Geschmacke der Ritterzeit, der Legende, Novelle, Romanze angehören. Stücke dieser Klasse stehen in der Sammlung von Görres, in Eschenburgs Denkmälern altdeutscher Dichtkunst S. 347 ff. usw. Sie waren auch schon am Schlusse des 15. und Anfang des 16. Jahrhunderts auf einzelnen Druckbogen als fliegende Blätter verbreitet. Seltene Exemplare aus gedachter Zeit sind in einem alten Oktavbande der Augsburger Bibliothek[30] (klein Oktav N.1 D. a. D, 22) mit Flugschriften andern Inhalts zusammengebunden, darunter ein Meistergesang, der »in des Regenbogen Zugeton« eine Geschichte erzählt, welche mit der in Shakespeares Kaufmann von Venedig behandelten gleiche Grundlage hat; ein Auszug davon im Museum für altdeutsche Literatur II, 280 ff. Ein andres Lied, das auch nach einem fliegenden Blatt im Wunderhorn II, 229 ff. (auch im Neuen Literarischen Anzeiger, Museum I, 141) gegeben ist, singt vom Ritter Bremberger »in seinem Ton«, wie ihn der eifersüchtige Gemahl der von ihm besungenen Frau ermorden ließ und ihr das Herz des Sängers zu speisen gab. Der Ton dieses Liedes ist in der Hauptsache derselbe, in welchem mehrere Gedichte Reinmans von Brennenberg, in der Minnesangersammlung I, 184 b ff., verfaßt sind und der auch sonst unter dem Namen »des Prenbergers Ton« bei den Meistersingern gangbar war (Grimm 135. Vgl. auch 109 und Wunder-

---

[30] Scheint von Docen benützt worden zu sein unter der Bezeichnung »Schleich, im Liederbüchlein 1584«, woraus die Nummern 226. 139. 138 angeführt werden. Aretin, Beiträge IX, 1181 f, 1185, 5.

horn III, 113). Auch unter den Dichtern des Colmarer Liederbuches erscheint der Brannenberger (Museum II, 184). In bayerischen Chroniken unter dem Jahr 1324 kommt Reimann von Brennenberg (Prenberg in der Nähe von Regensburg) vor (Museum I, 140. Vgl. *Duel. Excerpt.* S. 258. 269 und ebend. unter den Wappen S. 286 das von Prennberg, Pranberg, ein Berg mit Flammen; das Wappen in der Manessischen Handschrift ist ein ganz andres, mit einem zackigen Querstrich). Die nämliche Geschichte wird aber von dem provenzalischen Sänger Guillem de Cabestaing (Raynouard B. V, S. 187ff. Diez, Leben und Werke der Troubadours S. 77 ff., hiernach Boccaz, Hans Sachs, in Laßbergs handschriftlichem Liederbuche der Fenchlerin Bl. 11b ff. fragm.) und dem nordfranzösischen, dem Kastellan von Coucy, berichtet. Eine Erzählung Konrads von Würzburg enthält gleichfalls diese Sage, wiewohl ohne Beziehung auf einen Sänger (Müllers Sammlung I, hinter dem armen Heinrich S. 208: Von der Minnen.[31] Auch als Volksballade wurde sie gesungen (Plattdeutsches Liederbuch Nr. 44: Brunenberch. Vgl. Koch, Compendium II, S. 87); Anfang:

Idt is nicht lange, dat idt geschach,
Dat Brunenberch usw.[32]

Von diesem besondern Gegenstände haben wahrscheinlich solche romanzenartige Lieder überhaupt, im Volkston oder in den Weisen des Meistergesangs, den Namen Bremberger erhalten. Die Freiburger Einladung 1630 nennt unter den auf einer geistlichen Singschule verbotenen Gesängen: »Bossenlieder, Bremberger, Bergrisch (?)« usw. (S. 206). Auch Fischart, nach der Mitte des 16. Jahrhunderts, kennt diese Liederart (Gargantua Kap. 26, S. 308: »ein gut Gesetzlein Bergrein, Bremberger« usw.: Podagrammisch Trostbüchlein B. V). Die künstliche und gedehnte Weise des Meistersanges war übrigens solchen romantischen Stoffen durchaus ungünstig, alle freiere Bewegung in Handlung und Rede ging zugrunde, und die in ein Meisterlied umgesetzte Ballade verlor eben damit ihren besten

---

[31] (Vergl.: Die Mähre von der Minne oder die Herzmähre von Konrad von Würzburg, nach acht Handschriften herausgegeben von Franz Roth. Frankfurt am Main 1846. 8. H.)
[32] (Vergl. Uhlands Volkslieder Nr. 75. H.)

Klang. Auch die einheimische Heldensage war vom Meistergesange nicht ausgeschlossen; von der Singschule zu Worms, wo dieselbe örtlich haftete, berichtet Johann Staricius, der in der Mitte des 17. Jahrhunderts lebte, in seinem neuvermehrten Heldenschatz (6. Auflage 1734):

»Wenn auch jemand in der Singschulen der Meistergesänge öffentlich daselbsten die Geschicht vom hörnin Seifriede aus dem Kopf also aussingen kann, daß von den dazu bestellten Merkern oder Judicirern, wie man sie zu nennen pfleget, kein Verslein ausgelöscht oder notirt wird, so wird ihm ein gewiß Stück Geld zu schuldiger Verehrung vom Rath der Stadt Worms, alter Gewohnheit nach, gereichet.«

Aber auch bem Heldenliede wird diese Einkleidung nicht sonderlich gepaßt haben.

Wenn wir nun in poetischer Hinsicht die Leistungen des Meistergesangs, als solches, nicht hoch anschlagen können und wenn auch der musikalische Wert desselben, worüber es jedoch an einer gründlichen Untersuchung fehlt, nicht höher zu stellen sein sollte, so ist ihm doch eine geistige Wirksamkeit überhaupt nicht abzusprechen.

Vereinigungen zum Zweck einer geistigen Beschäftigung und Mitteilung, vom Bürgerstande so vieler ansehnlicher deutschen Städte durch Jahrhunderte fortgesetzt, können an sich schon nicht unwirksam gedacht werden. Für die Poesie selbst dürfen wir das Verdienst des Meistergesanges nicht lediglich nach dem bemessen, was er innerhalb der engern Grenzen der Singschule geleistet hat. Wenn hier die Beschränkung des Inhalts und die Starrheit der Form von hemmendem Einfluß war, so mochte sich doch schon bei dem Singen über und nach dem Mahl oder der Zeche eine lebendigere Regung äußern. War einmal durch die Singschule der Sinn für die Dichtkunst geweckt, so machte sich dieser bei den Fähigern auch in andern, freieren Kunstgattungen Bahn. Die berühmtern Meistersänger haben sich daher großenteils auch außerhalb des Meistergesanges in verschiedenen Formen der Poesie versucht und eben in diesen ihr Bestes geleistet. Von den Singbrüderschaften wurden auch die Fastnachtspiele und andre poetische Festlichkeiten veranstaltet und ausgeführt. Die Meistersängerschulen werden uns darum auch in den folgenden Abschnitten unsrer Darstellung noch häufig begegnen. Allein auch die unmittelbare Wirkung des geistlich-lehrhaften Gesanges der Singschulen ist nicht gering zu achten. Ein selbständiges Nachdenken über Gegenstände der Religion und der Kirche war dadurch auch bei den Laien angeregt und die Ergebnisse dieses Nachdenkens wurden in der Landessprache vor öffentlichen Versammlungen vorgetragen. Die heiligen Schriften, die auf dem Pulte der Merker aufgeschlagen waren, eröffneten auch auf diesem Wege ihren Inhalt einem allgemeinern Verständnis und riefen die Vergleichung dieses Inhalts mit den Lehren und Einrichtungen der Kirche, wie solche sich durch Gebrauch und Mißbrauch gestaltet hatten, hervor. Schon die ältesten Meister, welche von den Singschulen zu ihren Stiftern gezählt wurden, standen in offenem Kampfe gegen die Anmaßungen der Päpste und die Verderbnis der Geistlichkeit: so Walther von der Vogelweide und Reinmar von Zweter. Was Liederbuch der Colmarer Singschule, welches von Mainz dahin gekommen sein soll, enthält mehrere Gedichte unter dem Namen Klingsors, auch eines der Stifter, und darin folgende Stellen:

Ein brot, das im got selber glich gemachet hat.
Das wollen uns die Pfaffen hie verkaufen,
Den krisem,[33] den sie feile tragen,
Das wird noch manger sele leit, fürwar ichs sagen;
Dasselbe haben sie auch mit der taufen usw.
Der bobest nimmet teile,
Man sint es aller schrifte fri;
Merk, ob der babst nit böser vil, dann Judas, si!
Er treit got nu umb einen Pfennig feile.
Ich mein der Pfaffen gitikeit: usw.

In einem andern Liede:[34]

Du bist gesezzen, geistlich orden, hoch uf glückes rat,
Nu Hab dich vast! unt valst herab, ez Wirt din michel
schal, usw.

---

[33] Das Chrisam, erisma, geweihtes Saböl. Schmeller II, 395.
[34] (F. H. von der Hagen, Minnesinger III, S,. 330. H.)

Und wieder:[35]

>Ez ist niht wunder, daz der wagen vür diu rinder gat,
Sit daz der kristenheite houpt in krumber wise stat;
usw.

Endlich:

>Got minnet valsche kutten niht,
Sie sin wiz oder gra,
Ein reinez herz an valsche pfliht
Daz hat got liep, wär ez joch uzen bla (Mus. II, 192ff.).

Lieder dieser Art, an der Spitze des Meistergesanges, konnten leicht zu der Sage Anlaß geben, daß die zwölf Stifter desselben als Ketzer angeklagt worden seien und sich darüber vor dem Kaiser und dem päpstlichen Legaten haben verantworten müssen. Es erklärt sich uns nun auch die früher angeführte Stelle eines Liedes von 1450, worin von der Stiftung der Augsburger Singschule gesagt wird:

>Augspurg hat ain weisen rat,
Das prüft man an ir kecken tat
Mit singen, dichten und klaffen;
Si hand gemachet ain singschuol
Und setzen oben auf den stuol
Wer übel redt von pfaffen.

Wenn hierauf die Reformation Luthers in den Reichsstädten, in welchen der Meistergesang vorzüglich gepflegt worden, zu Nürnberg, Straßburg, Augsburg usw. so bereite Aufnahme fand, wenn der berühmteste Nürnbergische Meistersänger, Hans Sachs, dort einer der ersten Anhänger und eifrigsten Verbreiter dieser Lehre war, so dürfen wir wohl annehmen, daß die Singschulen das ihrige beigetragen, den Boden aufzulockern, in welchem der neue Samen so gutes Gedeihen fand.

---

[35] (F. H. von der Hagen a. a. O. H.

Über tredition

Eigenes Buch veröffentlichen

tredition wurde 2006 in Hamburg gegründet und hat seither mehrere tausend Buchtitel veröffentlicht. Autoren veröffentlichen in wenigen leichten Schritten gedruckte Bücher, e-Books und audio-Books. tredition hat das Ziel, die beste und fairste Veröffentlichungsmöglichkeit für Autoren zu bieten.

tredition wurde mit der Erkenntnis gegründet, dass nur etwa jedes 200. bei Verlagen eingereichte Manuskript veröffentlicht wird. Dabei hat jedes Buch seinen Markt, also seine Leser. tredition sorgt dafür, dass für jedes Buch die Leserschaft auch erreicht wird.

Im einzigartigen Literatur-Netzwerk von tredition bieten zahlreiche Literatur-Partner (das sind Lektoren, Übersetzer, Hörbuchsprecher und Illustratoren) ihre Dienstleistung an, um Manuskripte zu verbessern oder die Vielfalt zu erhöhen. Autoren vereinbaren direkt mit den Literatur-Partnern die Konditionen ihrer Zusammenarbeit und partizipieren gemeinsam am Erfolg des Buches.

Das gesamte Verlagsprogramm von tredition ist bei allen stationären Buchhandlungen und Online-Buchhändlern wie z. B. Amazon erhältlich. e-Books stehen bei den führenden Online-Portalen (z. B. iBookstore von Apple oder Kindle von Amazon) zum Verkauf.

Einfach leicht ein Buch veröffentlichen: **www.tredition.de**

Eigene Buchreihe oder eigenen Verlag gründen

Seit 2009 bietet tredition sein Verlagskonzept auch als sogenanntes "White-Label" an. Das bedeutet, dass andere Unternehmen, Institutionen und Personen risikofrei und unkompliziert selbst zum Herausgeber von Büchern und Buchreihen unter eigener Marke werden können. tredition übernimmt dabei das komplette Herstellungs- und Distributionsrisiko.

Zahlreiche Zeitschriften-, Zeitungs- und Buchverlage, Universitäten, Forschungseinrichtungen u.v.m. nutzen diese Dienstleistung von tredition, um unter eigener Marke ohne Risiko Bücher zu verlegen.

Alle Informationen im Internet: **www.tredition.de/fuer-verlage**

tredition wurde mit mehreren Innovationspreisen ausgezeichnet, u. a. mit dem Webfuture Award und dem Innovationspreis der Buch Digitale.

tredition ist Mitglied im Börsenverein des Deutschen Buchhandels.

Dieses Werk elektronisch lesen

Dieses Werk ist Teil der Gutenberg-DE Edition DVD. Diese enthält das komplette Archiv des Projekt Gutenberg-DE. Die DVD ist im Internet erhältlich auf **http://gutenbergshop.abc.de**

Zeitfracht Medien GmbH
Ferdinand-Jühlke-Straße 7
99095 Erfurt, Deutschland
produktsicherheit@kolibri360.de